講談社文庫

十津川警部　両国駅3番ホームの怪談

西村京太郎

講談社

目次

十津川警部　両国駅3番ホームの怪談

第一章　深夜のホームで

1

宮田《みやた》は、一ヵ月前に、千葉《ちば》県の津田沼《つだぬま》のマンションに引っ越した。

正確に言えば、習志野《ならしの》市の津田沼地区である。現在の人口十七万余の習志野市は、戦前は陸軍の演習場として有名だったが、現在は住宅都市の姿になっている。東京《とうきょう》のベッドタウンと、言われることもある。

総武線《そうぶせん》、中央線《ちゅうおうせん》を利用すれば、東京駅まで三十分だから、十分に通勤圏内ということができる。

宮田の勤務先は、千駄ケ谷《せんだがや》にあるサナダＡＩ工業本社である。

現在、時代の先端を行く会社だが、宮田自身は、ＡＩとは直接の関係はなく、管理部門の仕事をしている。

宮田が、八王子《はちおうじ》から津田沼に引っ越す気になったのは、一年前の大学の同窓会がきっかけだった。

その時、久しぶりに、渡辺千里《わたなべちさと》に会った。大学時代につき合っていたのだが、卒業後、彼女が結婚したらしいという噂《うわさ》を聞いていた。

それが、数年ぶりに会って、結婚していないことが、わかった。その時、千里が、

「優しい人だったんだけど、気が合わなくて。宮田クンみたいに、気が合えばよかったんだけど」

と、言ったのである。

千里が、意識して言ったのか、何気なく口にしたのかわからないが、とにかく、この後、二人の関係が復活した。

千里は、千葉市内にある県庁で、働いていた。

そこで、宮田は、彼女の近くに住みたいと思い、今回、八王子から、千葉県の津田沼に引っ越したのである。

おかげで、休みの日には、千里の案内で、南房総《みなみぼうそう》を旅行したり、富津《ふっつ》海岸《かいがん》で、釣りをしたりするようになったが、もう一つの宮田の楽しみは、津田沼から勤務先の千駄

ケ谷までの通勤だった。

今まで、東京都内に住み、都心の会社に通勤していたのが、急に、千葉県内から通うことになったのである。

習志野の街自体が、東京のベッドタウン化しているので、東京に向かう電車は、通勤電車になっていて、運転間隔も短いし、通勤時間も一時間半を見ておけば十分である。

この点は、文句はないのだが、二点だけ、驚いたことがあった。

津田沼で乗ると、船橋《ふなばし》、錦糸町《きんしちょう》、御茶《おちゃの》ノ水《みず》、四ツ谷《よつや》と通り、会社のある千駄ケ谷に着くのが基本形となる。しかし、朝晩の電車によっては御茶ノ水止まりで、御茶ノ水駅で中央線各駅停車の電車への乗り換えを要するのだ。同様に、千駄ケ谷から津田沼へ向かうために乗ると、朝晩の電車によっては総武線に乗り入れをしない、東京駅行きになるものがある。これに気づかず、普段の感覚でそのまま乗っていると、神田《かんだ》、東京へと行ってしまう。わざわざ御茶ノ水で乗り換える必要があり、その分、時間がかかる。といっても、数分のことなのだが。

もう一つは、宮田の趣味になるのだが、駅のことである。津田沼自体、初めて使う駅だったが、船橋、市川《いちかわ》、都内に入って、小岩《こいわ》、亀戸《かめいど》、錦糸町、両国《りょうごく》、浅草橋《あさくさばし》、秋葉《あきは》原《ばら》といった駅も、通勤では、初めて通る駅だった。

その中で特に、宮田が興味を持ったのは、両国駅である。

両国といえば、大相撲《おおずもう》を連想するが、宮田の場合は、関係がない。

関係があるのは、両国駅のホームだった。

ここには、1、2、3と、三本のホームがある。

現在利用されているのは、1番ホームと2番ホームで、3番ホームは、使われていない。

最初、宮田は、別に気にしていなかった。朝の通勤の時は、ラッシュで押されていて、窓の外の景色は、ほとんど見ていなかったし、帰宅の時は、たいてい疲れて眠っていたからである。

ある日の夜、珍しく、電車が空いていて、宮田は、家路に向かう途中、のんびりと窓の外を眺めていた。

いつものように、両国駅に停車する。その時、少し段が下がったほうに、3番ホームがあるのを、見たのだ。

それまでにも、ちらりとは見ていたのだが、ゆっくりと見たのは、この時が、初めてだった。

立派なホームである。

しかし、電車は停《と》まっていなかった。

それだけでなく、人の姿がないのだ。乗客もいないし、駅員の姿もない。

(使われていないのか？)

と思った時、宮田の乗った電車は、走り出していた。

その後、宮田は、出勤の時、帰宅の時に、意識して、両国駅の3番ホームを見るようになった。が、いつ見ても、電車は停まっていないし、人の姿がないのだ。

(不思議だな)

と思ったのは、郊外の駅ならいざ知らず、都心に近い駅であるからだ。

千葉県は、これから先も土地開発が止まることはない、大ベッドタウンである。道路事情がよくなっているのと併行して、鉄道もどんどん便利になるはずである。本数がこれまで以上に増えていくだろうし、住宅地が増えるにしたがって、新設する駅も出てくることだろう。

それなのに、ホームが一本、使われずに放置されていることが、宮田には不思議に見えたのだ。

2

ある鉄道雑誌には、「両国駅」について、次のように書かれている。

〈両国駅は、一九〇四年（明治三十七年）、私鉄の総武鉄道《そうぶてつどう》（現総武本線）の両国橋《りょうごくばし》駅として開業。一九〇七年（明治四十年）の国有化を経て、一九二九年（昭和四年）に現在の駅舎が完成し、一九三一年（昭和六年）には、両国と改称された。

両国駅は総武本線を通って、成田《なりた》、銚子《ちょうし》、房総方面などへの列車が頻繁《ひんぱん》に行き来する東京の「東のターミナル」だった。地平ホーム（地下ではない）は、上野《うえの》駅と同じ頭端式になった。夏のシーズンには、海水浴客のために、臨時列車が増発され、たくさんの列車がホームを埋めつくした。海水浴客を乗せて、次々に発車していった。

ところが、一九七二年（昭和四十七年）七月、両国駅が、大きく変わることになった。

総武本線が複々線化された時、東京―錦糸町間が地下にもぐり、両国駅を通らなくなってしまったのである。一部の急行列車は両国駅の地平ホーム発着で残されたが、一九八二年（昭和五十七年）に全廃されてしまった。それでも、東京駅の地下ホームが過密になったため、「すいごう」など特急六本が両国駅発着になったが、これも一九八八年（昭和六十三年）に、ほとんどが東京駅発着になってしまった。そのため、両国駅発着の列車は、特急二本と、一日一往復の夕刊用の新聞輸送専用荷物列車と、臨時列車（例えば銚子行きの「犬吠《いぬぼう》」など）のみとなり、この新聞輸送列車も二〇一〇年（平成二十二年）、廃止されてしまった〉

千葉方面行きの列車のターミナル駅だったのが、中間駅になってしまったのである。

そこで、ターミナル駅ではない、中間駅にふさわしく改装された。

駅機能は高架側に集約され、列車の停まらなくなった3番ホームへの通路は閉鎖され、何かの催しの時だけ、乗客に開放されるようになった。

両国は、別の意味で、観光名所になった。その一つは、駅の近くの両国貨物駅跡地に、一九八五年（昭和六十年）、国技館《こくぎかん》が蔵前《くらまえ》から移転してきたことである。以後、両国駅は房総方面へのターミナルから、「大相撲本場所への最寄り駅」と呼ばれるようになったのである。駅もそれに合わせて、コンコースには優勝力士の巨大な写真額や、歴代横綱の手形が展示され、おなじみの「満員御礼《おんれい》」の垂れ幕が、天井にかけられるようになった。

また、両国駅は、一九九三年（平成五年）に貨物駅跡にオープンした江戸東京博物館《えどとうきょうはくぶつかん》に来る客を迎え、下町めぐりの出発点になっていった。上野駅によく似た昭和モダンの駅舎は、一九九六年（平成八年）に「ビヤステーション両国」となったのを経てから、現在は、外装が全面リニューアルされ、今風の新しい飲食店が何軒も入っている。

しかし、宮田の関心は、二〇一〇年に3番ホームから発着する新聞輸送列車の運行が終了し、現在はほとんど使われていないということだった。

毎日の会社への往復の時、意識して、3番ホームを見るようになった。見れば見るほど、立派なホームである。千葉方面へのターミナル駅としての風格が、存分に感じられる。それなのに、なぜ使われないのか？

（もったいないにも、ほどがあるな）

そんなふうに思いながら、見ていた。

十月五日。

この日は残業があったうえ、同僚と一杯やったので、帰りの電車に乗ったのは、十二時近くになっていた。

御茶ノ水で乗り換えた千葉行きの電車は空いていて、座ることができた。うとうとしかけたのだが、日頃の癖で、両国駅に着くと、眼が開いてしまう。顔が、３番ホームに向く。

相変わらず、人の気配も、電車の姿もない、ホームである。明かりだけが、空《むな》しく、ホームを照らしている。

「おや？」

と、眼を留めたのは、ホームの真ん中あたりに、黒いかたまりが見えたからだった。

(何かの荷物だろうか？)

と思った時、その黒いかたまりの一つが、動いた。

立ち上がったのは、人間だった。

駅員の恰好《かっこう》をしている。

小さいほうのかたまりは、動かない。こちらは、横たわっている人間に見えた。

電車が動き出した。

宮田は、慌ててスマホを取り出し、3番ホームに向けてシャッターを切った。

電車はスピードを増し、あっという間に、宮田の視界から、3番ホームは消え去っていった。

3

翌日、酔いが残っていたのか、眼を覚ましたのは、出社時間ギリギリだった。

仕方なく、会社には、カゼ気味なので休みたい旨を電話した。

その後、シャワーを浴び、遅い朝食を作ることにした。といっても、コンビニで買っておいたインスタントラーメンである。

箸を持つ前に、スマホを三十二インチテレビに接続させて、昨夜撮った両国駅3番ホームの写真を、拡大した。そのテレビ画面を見ながら、ラーメンを食べることにした。

最近のスマホのレンズは、優秀なのか、思っていた以上にはっきりとした画像が、映し出された。

それに、3番ホームが、意外に明るかったのだ。

立ち上がっている駅員らしき人物の顔は、さすがにはっきりしないが、身長百七十五、六センチで、やせ形であることは、わかる。

身体《からだ》つきから、男だろう。

彼は、右手に何か持って、下を向いていた。

そこに横たわっているのは、人間らしい。

こちらのほうは、人間らしいということこそわかるが、年齢も、男か女かもわからない。

宮田の勘では、横たわっている人間は、まったく動いていないように思えるのだ。

(死体だろうか?)

もし、死体だとしたら、立っている男が右手に持っているのは、凶器ではないのか?

そんな危うい想像をしていると、作ったラーメンを食べるのを忘れてしまい、冷えて、まずいものになってしまっていた。

今更、まずいラーメンを食べる気になれず、それよりも、今、想像力を逞《たくま》しくして見た写真のことが、心配になってきた。

自分の想像が当たっていれば、昨夜遅くの両国駅3番ホームで、事件が起きていたのだ。

そうであるなら、事件を報道するニュースが、テレビ画面に溢《あふ》れているはずである。

そう考えて、宮田はニュースに急いで切り替えた。

相変わらず、最初に世界情勢で、アメリカのトランプと北朝鮮《きたちょうせん》の金正恩《キムジョンウン》のうんざりするニュース。その後は、秋たけなわの日本の各地の紹介になり、それで終わってしまった。

宮田は、次々に、他の局のニュース番組に替えてみたが、結果は同じだった。

どの局も、両国駅3番ホームの事件を報じなかった。

わけがわからなかった。

昨晩の出来事は、たとえいたずらだったとしても、何らかのかたちでニュースにはなるはずである。そう思っていたのに、まったく報道しないことが不思議だったのだ。

午後になって、千里から電話があった。

夕食を一緒に、という誘いだった。

宮田は、考えてから、

「少し、遠出だけど、いいかい？」

と、言った。

千里とは津田沼の駅で落ち合い、両国に向かった。理由は言わなかったから、

「あなたが相撲好きとは、知らなかったわ」

と、言われてしまった。

両国で下りると、駅舎に入り、3番ホームへの通路を歩いていった。

ホームの下部に位置する通路は三十メートルほどで、ここは一般開放されている。

壁には、駅の歴史に関するパネルや写真が飾られているが、3番ホームへ上る階段には、ロープが張られていて、

〈3番ホームは、現在、使われておりません〉

と書かれた札が、下がっていた。

「君は、ちょっと、ここで待っていてくれないか」

と、宮田は、千里に、言った。

「どうするの？」

「この上の3番ホームを、見てみたいんだ」

「でも、今は使っていないんでしょう？」

「それでも、見たいものがあるんだ」

「それなら、私も見たいわ」

と、千里は、言う。

仕方なく、宮田は、彼女と一緒に、ホームに出る階段を上って行った。

階段の上にも、ロープが張ってあったが、それをくぐれば、ホームに出ることが可能だった。

千里は面白がって、先に、ホームに上がって行った。

宮田も続いて、ホームに上がった。

宮田はスマホを取り出し、ゆっくりと、ホームを歩いて行った。

千里は、無人のホームが珍しいのか、

「ホームの、どこの、何を見たいの？」

と、はしゃいで声をあげた。

「この辺だと思うんだが――」

と、宮田が、立ち止まって指さした。

「だから、何を探しているのか教えて」

千里が言った時、二人の駅員が、階段を駆け上ってきた。

「何をしてるんですか！　ロープが張ってあるのを見なかったんですか？」

片方の駅員が、大声を出した。

宮田は、その駅員に向かって、

「昨夜、十二時過ぎですが、このホームで何か事件が起きませんでしたか？」

逆にきき返した。

「何のことを言っているんですか？」

「とにかく、このホームから出てください」

と、言いながら、詰め寄ってくる二人の駅員に向かって、宮田は自分のスマホに入っている例の写真を見せた。

「これは、昨日の深夜に、撮ったものです。この3番ホームですよ。これを見ると、殺人のようにも見えるんです。お二人は、この事件について、何か知りませんか？」

「知らないなあ。こんな光景、見ていませんよ」

「しかし、これは私が昨夜、向こうのホームに停まっていた総武線から撮ったものなんですよ。嘘《うそ》じゃありません。このとおりのことが、3番ホームで起きていたんです」

　と、宮田は主張したが、二人の駅員は、それぞれ、

「最近は加工して、どんな写真だって作れますからね」

「とにかく、この両国駅では、何も起きていませんよ。どのホームでもね」

　と、言った。

「この写真が、嘘だというんですか？　ここに写っているホームは、この3番ホームに間違いないでしょう？」

「しかしねえ。今は専門家じゃなくても、二枚の写真を一枚にすることもできますからねえ」

「私は、平凡なサラリーマンですよ。それが、合成写真を作ったりするもんですか。本物の、何の細工もしていない写真ですよ」

「これが合成写真かどうかはともかく、この写真を使って、あなたは何をするつもりですか？　大騒ぎでもしたいんですか？　それとも、ＪＲに、何か要求するつもりなんですか？」

　と、二人の駅員は、きく。

　宮田は、だんだん、腹が立ってきた。そうすると、彼は、妙に理屈っぽくなってく

る。

「私は、津田沼に住み、そこから千駄ケ谷の会社に通っているサラリーマンだ。年齢は二十九歳。前科はない。毎日、この両国駅を通る電車を利用している。昨日は、残業があって、終電車に近い時間に千駄ケ谷から乗った。今も話したように、脅迫など、とてもできない性格だ。だから、嘘をついて、鉄道会社を脅迫することなどできないんだ。昨夜、たまたま奇妙な事件を目撃したので、ＪＲが心配になって、わざわざスマホで撮った写真を、見せに来たんだ。よく見てくれ」

と、まくし立てて、宮田はもう一度、スマホの写真を、相手に突きつけた。

だが、駅員たちも、ひるまない。

「事件だなんて物騒《ぶつそう》なことを仰《おつしや》いますけど、これは、男の顔がはっきりとはわからないじゃありませんか。どう見たって、何かの説明には使えませんよ」

と、言うのだ。

たしかに、宮田の写真では、男の顔は見えていない。

「それに――」

と、もう一人の駅員が、言った。

「私にだって、こんな程度の合成写真は作れますよ。景色の写真に、人間を組み込むことだって、逆に、人間を消すことだってできるんだし」

と、笑った。

口惜《くや》しいが、スマホやパソコンがあれば、そのくらいのことができるというのも、事実である。

仕方なく、宮田は、質問を変えた。

「この3番ホームは、もう使うことはないんですか？」

「ここを発着する定期電車はないけど、臨時列車が使うことは、時たまありますよ。今年のゴールデンウィークにも、房総半島へ行く列車が、ここを発着しましたしね。あくまでも臨時列車ですがね」

「昨日、何かの臨時列車が、ここを発着したことは、ありませんか？」

「最近は、一回も使用されていませんよ。昨日もね」

「掃除はするんでしょう？」

「ええ。毎日やってますよ」

「昨日は、何時頃に、この3番ホームを掃除したんですか？」

「昨日？　ここには、電車が入らないから、手が空いた時に掃除するんですがね。何時頃だったかな？」

「遅かったよ。午後十時過ぎじゃなかったかな」

「そうだ。十時半に始めて、三十分くらいで終わったんだ。ホームに人がいない分、簡単ですよ」

「昨日の午後十時半から三十分というのは、間違いないんですね？」

と、宮田は、念を押した。

「当たり前じゃないですか。掃除した本人が、言ってるんだから」

相変わらず、駅員の返事は、素《そ》っ気《け》ない。

「ホ、ホームも、掃除したんですか？」

と、黙っていた千里が、初めて声を出した。

駅員の一人が、彼女を振り向いて、

「当然ですよ。ホームの掃除なんだから」

と、笑いながら、言った。

会話が途絶えると、宮田と千里の二人は３番ホームから追い出された。

二人は、いったん改札口を出て、近くの料亭に入って、ちゃんこ料理の夕食をとった。

お腹が空いたこともあるが、両国駅の３番ホームに関心を持った経緯を、千里に詳しく説明したくなったからだった。

「ボクは鉄道ファンでね。だから、津田沼に引っ越してから、通勤で通る駅に興味を持ったんだけど、中でも、両国駅の3番ホームが気になった。東京で使われもしないホームがあるのが、不思議だったんだ。その理由はわかったのだけど、昨日の十二時過ぎ、終電間際の電車に乗っていて、あのホームに人がいるのを見たんだ。それも、怪しげな人間をね」

「それで、あのホームを見に行ったのね」

「そうなんだ」

「何かわかったの？」

「二人の駅員は、昨日の夜、3番ホームに人間がいるなんて考えられない、と言った」

「でも、宮田クンは、見たんでしょう？」

「だから不思議なんだ」

「答えは見つからないの？」

「ぜんぜん」

宮田は、憮然《ぶぜん》とした顔で、料理を口に運んだ。

「困ったわね」

「ああ、困ってるんだ。ボクが困ったって仕方がないんだがね」

「でも、気になるんでしょう?」

「ああ、気になる。毎日使う電車の途中駅だからね」

「じゃあ、私が助けてあげる」

「助けるって?」

「はい」

千里は、ニッコリして、指輪を一つ、宮田の前に置いた。

「指輪じゃないか」

「大きめで、地味な感じだから、男性用の指輪ね」

と、千里が、言う。

たしかに、金の指輪だが、黒い石がはめられているのだ。

「これ、どこで買ったの?」

と、宮田が、きく。

「買ったんじゃないわ。さっき見に行った、両国駅の3番ホームで拾ったのよ。駅員さんに渡そうと思ったんだけど、知らない、ありませんばかり言うから、腹が立って、渡さずに持ってきてやった」

「3番ホームは、昨日の午後十時半から十一時まで、掃除したと言っていたね？」

「そうよ。だから、この指輪を誰かが落としたのは、十一時以後ね」

「ボクは昨日、残業して、ちょっと飲んだから、帰りの電車に乗ったのは、終電間際だった。両国駅に停まった時は、午前零時過ぎだった」

「その時に、変な幻影を見たわけね？」

千里は、楽しそうに、言った。

「あの時、ホームに、二人の人間を見たんだ。ホームに倒れている人間と、立って何かを持っている男だ。もし、この指輪が、あの二人のどちらかのものなら、幻影でなく、実在の人間たちということになってくる」

「金に、黒い宝石がついているけど、その黒い石には、何かの模様と、ナンバーが彫ってあるわよ」

「模様は、花か何かを図案化したものだね。ナンバーのほうは、5だね」

「5なら、めでたい数字だわ」

「どうして？」

「陰陽道《おんみようどう》では、奇数は吉で、偶数は凶なの。だから、七五三なんかは、すべて奇数になっているわ」

「君が陰陽道に詳しいのには、驚いたな」

「ちょっと齧《かじ》っただけ。でも、陰陽道とは関係ないわね。陰陽道なら、5ではなくて、五とするはずだから」

「何かの結社だと、怖いね」

「私は、面白いわ。それ、どうする？　警察か駅に届ける？」

「そのつもりだが、明日は休みだから、図書館に行って、この指輪について調べてみたい」

と、宮田は、言った。

「どこの図書館？」

「大学時代、よく使った上野図書館に行ってみる」

「それなら、私も行くわ。その指輪が、何なのか、知りたいから」

「落とさないように、はめておくよ」

宮田は、自分の左手の薬指にはめることにした。

宮田の手は、大きく太いほうである。それが、あっさり、はまった。

「やっぱり、男物の指輪だな」

大学時代によく行ったというのは、本当だった。

ただ、上野図書館に行って、必要な本を閲覧してはいたが、退屈して、浅草《あさくさ》に行き、映画や芝居を見たことも多い。

4

久しぶりの上野図書館は、なつかしかった。

二人は、宝石と指輪や花に関する本や写真集を借り、次に、日本の結社や家紋などについて書かれた資料を借りて、眼を通していった。

グループのシンボルマークらしきものは、どうやら、新種のランの花をデザインしたものとわかった。

そのランの名前は、「エイミー」。イギリスでランの研究、栽培をしていた男が、新しいランの花に、自分の娘の名前をつけたものとわかった。

しかし、この日わかったのはそれだけで、このシンボルマークにまつわるグループのことなどは、不明なままだった。

それでも、宮田は、満足した。とにかく、「エイミー」というランをデザインした指輪をはめている男たちが存在している可能性が浮上してきたのだ。

5とナンバリングされているということは、そのグループには、少なくとも五人の人間がいるのではないか？　そして、問題の指輪をはめた人間のグループが、どこかにいるのではないか？

宮田の想像は、どんどん広がっていった。

今すぐにでも、知りたいこともある。

その一つは、「エイミー」グループ（あくまでもそういうグループが実在していれば、の話だが）が、何者なのか？　第二は、十月五日の夜、電車の中から目撃した二人の人間は、その後どうなったのか。第三は、あの二人はなぜ、両国駅の3番ホームにいたのかである。

その一方で、問題の指輪をどのようにするのか、いよいよ決めなければならなくなってきた。

他人のものだから、返却しなければならない。いや、所有主が不明なので、警察か、両国駅に、拾得物として届けなければならないのだ。

しかし、ただ届けるのは、癪《しゃく》だった。

宮田が一番満足できるのは、指輪の本当の所有主を突き止めて、その人間に返すことだ。しかし、今のところ、持ち主の身元はわかりそうもない。

そこで、宮田が考えたのは、指輪とまったく同じものを造り、それを警察か両国駅に届けることだった。

翌日、宮田は、銀座《ぎんざ》の宝石店に行くことにした。

銀座の数寄屋橋《すきやばし》にある「東京ジュエリー」という店である。

この店で、大学卒業の時、卒業記念としてバッジを作ったことがあった。その時だけ使ったことのある店である。

その時のことを、店員は、覚えていてくれた。

白石《しらいし》という店員だった。

その白石に、宮田は、指輪を見せて、

「至急、これと同じ指輪を造ってもらいたいのです」

と、言った。

白石は、指輪を見つめていたが、

「リングの金は本物ですが、はめ込んである宝石のほうは、黒い石で安物です」

「たぶん、そうだと思っていました。石にランの花をデザインしたものが、描かれているでしょう。これと同じものを見たことは、ありませんか?」

「いや、初めて見るデザインです。その下に5という数字が彫ってありますね。これは、何の数字ですか？」

と、今度は、白石がきいた。

「わからない。偶然、拾ったものですからね」

「どこで、拾ったんですか？　その場所を仰ってくだされば、私も何かわかるかもしれません」

「詳しいことは、言えないのですが、下町のある駅で、拾ったものです」

「どうして、複製品を造られるんですか？」

と、白石が、さらにきく。

（少し、うるさいな）

と、思ったので、少しつっけんどんに、

「小さい傷を作ってしまったので、拾った時のままで、届けたいんです。それだけです」

と、言ってやった。

「かしこまりました」

「いつ頃、できますか？」

「男物の、簡単な造りですから、二日あれば、十分ですよ」

と、白石は、あっさり、言った。

二日後の十月十日、宮田は、会社の帰りに、東京ジュエリーに寄った。

白石は休みだったが、できあがった指輪は、他の店員から受け取った。

白石は安物だと言っていたが、複製代は意外に高く、十五万円を請求されてしまった。

それを持ち帰ると、宮田はパソコンのワープロソフトで、

〈先日、両国駅の構内で拾ったものです。そちらに落とし主が現れたら、お返しください〉

と書いた、匿名文書を作った。

その後、パソコンのラベルシート作成ソフトで、両国駅の住所を打ち、宛名を「両国駅　遺失物係御中」とした。万が一ではあるが、筆跡から辿《たど》られることを恐れ、直筆は避けたのだ。

そして、少し考えてから、用意しておいた小さな箱に入れるのは、東京ジュエリーで造った、ニセモノのほうにして、封筒に入れ、閉じた。

切手を貼った。が、差出人の名前は、記入しなかった。

翌日、出勤の途中で、投函《とうかん》した。

それから、宮田は、電車が両国駅で停まるたびに、駅の様子を窺《うかが》い、3番ホームを見、時には、スマホで撮ることをくり返した。

宮田は、二人の駅員は嘘をついていると、思っている。

十月五日の夜、3番ホームで、何かがあったのだ。少なくとも、二人の人間があのホームにいたのだ。

それを、二人の駅員は、隠そうとしている。彼らだけの嘘なのか、駅全体の嘘なのかはわからない。

宮田は、3番ホームで拾った指輪のニセモノを送りつけたことで、あの二人か両国駅全体が、何か反応を示すのではないかと、そう考えたのだ。

だが、いっこうに、反応が現れなかった。

新聞・テレビのニュースにも、注意しているのだが、宮田が期待するものは、出てこなかった。

少しばかり、待ちくたびれて、両国駅への注意が疎《おろそ》かになりかかってきた。

そんな頃合いの十月二十五日のことだ。

津田沼のマンションで、一人で夕食を済ませ、千里と電話で話をしている時である。

テレビは、いつもの癖で、つけっ放しにしてあった。

千里と電話で話しながら、テレビのニュースを見ていた。もちろん、アナウンサーの声は、とぎれとぎれにしか、耳に入ってこない。

「今日の午後二時半頃――四谷三丁目《よつやさんちょうめ》――の五階で火事が――五〇二号室が――この部屋に住む白石豊《ゆたか》さん――が――調査――白石さん本人と――白石さんは――銀座の宝石店の――」

「どうしたの?」

「悪い。ちょっと、電話を切るよ」

「テレビのニュース、見てくれ」

と、宮田は、電話を切り、テレビに向き直った。

画面には、燃えているマンションが、映っている。

アナウンサーが、言う。

「これは、そのマンションが激しく出火している模様です。午後二時二十分頃、近くの商店から『裏のマンションから火が出ている』との通報があり、消防車十二台が出動し、火は一時間二十分後に消し止められました。火元と見られるマンションの五〇二号室は全焼し、住人の白石豊さんが遺体で発見されました。白石さんは三十五歳、銀座の宝石店東京ジュエリーの社員で、店の話では、今日は、体調不良を訴え、休みをとっていたということです」

あの白石豊の顔が、テレビに出た。

一瞬、宮田は、このニュースをどう受け取ったらいいか、わからなかった。

電話が、鳴った。

「テレビ、見たわ」

と、千里が、言う。その声で、宮田は、少し落ちついた。

「四谷三丁目のマンション火事のニュースで、白石という人が、死んだと、言ってたけど」

「白石豊。銀座の宝石店の店員なんだ」

「そうらしいわね。それがどうしたの？」

「君が両国駅の３番ホームで拾った指輪が、あったろう？」

「ええ」

「拾得物だから、警察か両国駅に届けなければならないんだが、同じものを、死んだ白石さんに頼んで造ってもらったんだ」

「複製品を、造ったのね」

「ああ。そのニセモノを、両国駅の遺失物係に送った。差出人は書かずにね」

「それで、どうなったの？」

「両国駅か、あの二人の駅員に何か反応があるかもしれないと、毎日、電車が駅に着くたびに見ていたんだけど、いっこうに反応がなかった。そんな時に、今日の四谷三丁目の火事なんだ」

「関係ありと思ってる？」

「わからないんだ。あの指輪の複製を造ってもらったことは確かだけど、それだけだからね」

「怖いの？　怖いなら、そっちへ行って、一緒に寝てあげるよ」

と、千里が、笑った。

「怖くはないけど、どう考えたらいいか、わからなくて困っているんだ」

「それなら、とりあえず、少し様子を見てたらいいと思うよ。関係があるかどうか、わからないんだから」

「そうだね。そうしよう」

「さっき、言ったことだけど——」

「え？」

「半分、本気だよ」

5

四谷三丁目の十五階建てのマンションである。

その五〇二号室で死んでいた白石豊、三十五歳。

司法解剖が行われた結果、腹部を、鋭利な刃物で、三ヵ所も刺されていることが、わかった。死因は、その傷による失血死と推測されるとのことだった。

明らかに、犯人がいて、白石を刺し殺した後、五〇二号室に放火したことになる。

そこで、警視庁捜査一課の十津川《とつがわ》班が、殺人事件として、捜査することになった。

まず、マンションの管理人に、話をきいた。

「白石さんは、銀座の宝石店で働いていたんですが、火事のあった昨日の午前中、たまたま見かけましてね、話しかけたら、風邪で店を休んだと、言ってました」

と、管理人が、言う。

「具合は相当悪そうだったんですか？」

と、亀井《かめい》刑事が、きいた。

「会社を休むくらいなんだから、よほどつらいんだろうと思って、風邪薬がなければ、差しあげますと言ったんですが、『今日は、午後、人が来るんだ』と言ってました。ただ、その口ぶりがぜんぜん病人ぽくなくて。こう言っちゃ何ですが、その人に会うために、会社を休んだように見えましたね」

亀井は苦笑して、

「ずる休みですかね。それとも、会社を休んでも迎えるような大事な人なのかな。そのお客を見ましたか？」

と、きいた。

「いや、見ていません。昨日の午後は所用があって、管理人室を不在にしていたものですから」

と、管理人は、言う。

「白石豊さんは、どんな人です？」

「普通の人ですよ。まあ、宝石店にお勤めですから、少しは愛想《あいそう》のいい人ですが」

「このマンションに、一人で、住んでいたわけですね？」

「そうです」

「交際している女性は、いましたか？」

「それはわかりませんが、女性が訪ねてきたことは、何度かありますよ」

「それは同じ女性ですか？」

「そういうこともあったし、別の女性の時もありますよ」

「男性の来客もありましたか？」

「ええ」

「あなたから見て、危険な感じの人間が、白石さんを訪ねてきたことは、ありますか？」

「それは、私にはわかりません」

「白石さんの部屋に入ったことは、ありますか？」

「二、三回は、ありますが」

「普通の人の部屋に比べて、何か、変わったところは、ありましたか？」

「そうですねえ」

と、管理人は、ちょっと考えてから、

「何か、高そうなものが、何点か、棚に飾ってありましたね。白石さんは、ほとんどニセモノですと、笑っていましたが」

と、管理人は、言った。

その後、十津川は、亀井刑事を連れて、被害者の白石豊が働いていた銀座の宝石店に、話をききに行った。

二十階建てのビルの、一階と二階を専有している店だった。

十津川は、二階の社長室で、女性社長の岸本《きしもと》マキ子《こ》に会った。

五十代の、小太りの女社長だった。

「風邪で休んでいるとばかり思っていたんですが、違っていたみたいで」

と、岸本マキ子が、言った。

「じつは、午後に自宅マンションを訪ねてくる客があったようなんですが、お心当たりはありますか？」

「いいえ。そのお客に、殺されたんでしょうか？」

「断定はできませんが、その可能性も考えておかなければならないようです。犯人は、白石さんの部屋で凶行に及んだ後、放火して逃げています。最近、白石さんが何かを怖がっていた様子は、ありますか？」

「そんな感じはありませんね。いつものように、お客さんを大事にする、人気のある人でしたよ」

「ここでは、どんな仕事を、していたんですか？」

「接客が主な仕事ですが、彼は宝石や時計を修理する技術も持っているので、そういう仕事もやっていました」

「白石さんは最近、お客の注文を受けていらっしゃいましたか？」

「そうですねえ……。そう言えば、お客の注文で、指輪の複製を造っていましたよ。金の指輪で、黒い石がついているものです。安い仕事なので、私はそんな注文、引き受けなければよかったのに、と言ったんですが、まる二日かかって、そっくりに造っていました」

「安い仕事ですか」

「ええ。ぜんぜんお金にならない仕事ですよ」

「どんな指輪の、コピーというか、複製品を造ったんですか？」

「安物の指輪です。もともとが安物なので、それのコピーとなると、高い料金は取れないんですよ」

「なるほど。お話を改めて確認させていただくと、このところの白石さんの仕事は、店での接客と、指輪のコピー造りだけだったんですね？」

「そうです」

「その指輪のコピーは、もうお客に渡したんですか？」

「ええ。この仕事は、もう終わっています」

「白石さんが最後に扱った指輪は、本当に安物だったんですか？」

「そうです。18金で造った輪と、安い黒い石をくっつけた安物です」

「素人考えの質問ばかりで申し訳ないのですが、もう少し伺わせてください。材料は、安物でも、歴史のある指輪ということはありませんか？　たとえば、細工が素晴らしい、とかです。もしくは、何か特徴があったことを、覚えていらっしゃいませんか？」

「そうですねえ」

と、岸本マキ子はちょっと考えてから、

「黒い石に、ランの一種の花をデザインしたものを彫っていましたね。それから、『5』という数字も彫ってありましたよ」

「ランの花のデザインですか」

「何やら、いわくありげなデザインでしたが。ただ、物自体の価値で言えば、安物に変わりはないですよ」

「どこかの会社のマークですかね？　会社のバッジみたいな」

と、十津川が、言った。

「そうですねえ。社章を刻んだ指輪というのは、見かけませんね。遊びということなら、たとえばゴルフ仲間同士が指輪を造って、ナンバーを入れているというのを、きいたことはありますけど。しかし、男物の指輪というのは、最近、流行《はや》りませんからね」

「その指輪を注文したのは、どんな客ですか？」

十津川が指輪にこだわったのは、白石が手がけていた仕事のうちで、他には特別のものはなかったように思えたからである。

岸本マキ子は、一階の店舗に連絡して、その注文票を持って来させた。

問題の指輪の写真も、添付されていた。たしかに、岸本マキ子が説明したようなものである。

注文主の名前は、「宮田典《つかさ》」となっているが、住所も携帯電話の番号も記入されていなかった。

十津川が住所と携帯電話についてきくと、岸本マキ子は、

「おそらく、このお客さんは、白石君が住所も電話番号も知っていたし、お客さんが

受け取りに来ると仰ったので、空白にしても問題ないと考えたのだろうと思います」

と言ってから、ちょっと首を傾《かし》げながら、

「それより、なんで、この仕事にまる二日もかかっているのかしら」

と、呟《つぶや》いた。

「そんなに、簡単に造れるんですか？」

「ええ。形はシンプルですし、素材は、うちにあるものですから、数時間で造れるはずです」

「それは間違いありませんか？」

急に、十津川の声が、大きくなった。

二階にある作業コーナーに案内してもらう。今日も職人が集まって、指輪やネックレス、ブレスレットなどを造る作業だったり、修理だったりに当たっていた。

十津川が白石豊のことをきくと、

「白石さんは、注文のあった指輪を、二つ造っていましたよ」

という言葉が返ってきた。

「白石さんに見せてもらったら、ちょっと変わった形ですが、造りそのものは簡単だと思いました。白石さんなら、数時間でできると思っていたら、二日目もやっているんです。何か問題があるんだろうかと思ってきいてみたら、造った指輪に小さな傷ができていたので、慌てて造り直しているんだと、言っていましたがね。ただ、そうは言ってもねえ……」

「白石さんのその言葉に、疑問を持たれたんですか？」

「だって造りは簡単だし、黒い石に描かれた紋様だって、5というナンバーだって、コンピューターにかければ、自動的に、彫刻されますからね」

「あなたは、白石さんが、同じものを二つ造ったと思うんですね？」

「そうです。二日間も白石さんがここに来て、作業している理由は、他に考えようがありません」

「白石さんとは、何年ぐらい一緒に仕事をされたんですか？」

「五、六年だと思いますが――」

「白石さんは、どんな人だと思いますか？」

「そうですねえ」

と、相手は、ちょっと考えてから、

「じつは、白石さんは、ある文学賞に応募したことがあるんです。受賞はしませんでしたが、それが、頭のいい犯人が、銀座の宝石店から、時価五十億円のダイヤモンドを盗み出す小説なんですよ。自分が宝石店に勤めているのにと、びっくりしました」

「あなたなら書けない？」

「遠慮しますよ。痛くもない腹を探られかねませんからね」

「白石さんは、平気だった？」

「そうなんでしょうね。というか、面白いものに首を突っ込むのが好きというか。そういう人ですよ」

「今度の指輪も、興味を持った白石さんが、注文主に黙って、一つでなく、二つ造ったということになりますか？」

「そう思いますが、当たっているかどうかは、わかりませんよ」

しかし、十津川は、自分の考えに、自信を持った。

この指輪が原因で、白石豊は何者かによって殺され、自宅マンションに放火されたのではないかと、十津川は、考えていた。

「お願いしたら、この指輪と同じものを造ってもらえますか？」

と、十津川が、きいた。

「もちろん、造れますよ。造れますが、ナンバーはどうします？　5番のままで、いいですか？　それとも、6番にしますか？」

と、きかれて、十津川は、少し迷った。指輪に彫られていた「5」の数字のことを、頭の隅で考えたのだ。

白石は、注文された指輪を、二つ造った。その際、ナンバーを二つとも5にしたのか、それとも、5と6にしたのか？　それも、この事件の捜査にとって、大事なことかもしれないと、十津川は、思った。

「一応、5で、造ってください」

と、十津川は、頼むことにした。

東京ジュエリーの女性社長やそこの職人が言ったように、注文した指輪は、翌日にはできあがって、十津川の手に入った。

捜査会議で、十津川は、その指輪を、部下の刑事たちに回し見させた後、

「この指輪をどんな人間がはめているか、考えてみてくれ」

と、言った。

第二章　臨時特急

1

宝石店店員放火殺人事件の捜査会議を招集した日の早朝、じつは、十津川と亀井刑事は、御茶ノ水駅近くの喫茶店で、宮田典と会っていた。

その前夜、宮田が警視庁に電話して「四谷三丁目で起きた殺人事件について、お知らせしたい情報があるのですが」と言ったところ、すぐさま捜査主任の十津川のもとへ回され、できるだけ早く、会って話をしよう、ということになったのだった。

翌朝、宮田は津田沼の自宅マンションを、いつもより二時間も早く出て、千駄ケ谷の勤務先に出社する前に、御茶ノ水で途中下車して、十津川たちと合流した。

「昨日の夜の電話で、だいたいのお話は伺いましたが、改めて確認させてください」

と、十津川が言うと、宮田は順を追って、話しはじめた。

十月五日の夜、両国駅3番ホームで目撃した、不審な出来事。

駅員のとりつく島がない対応。

恋人の渡辺千里が、3番線のホームで、男物の指輪を、拾ったこと。

そして、指輪の複製を依頼した宝石店の店員が、殺された白石豊だったこと。

宮田は、事の経緯をできるだけ詳しく説明したが、少しだけ、嘘も混ぜていた。3番ホームで拾った指輪と、その複製についてである。本当は、複製を両国駅に匿名で送りつけ、本物は手元に置いておいたのだが、十津川と亀井には、「二つとも、二度に分けて、匿名でJR東日本《ひがしにほん》本社宛てに送りつけた」と、言った。本物を持っていると明かせば、十津川がそれを差し出すようにと言うにちがいないと思ったからだ。宮田は、本物は自分で持っていたかったのだ。JR東日本本社宛てにしたと偽ったのは、両国駅に送りつけたことを正直に言えば、ちょっと調べただけで、一つだけ（複製のほう）しか郵送していないことが、簡単にバレてしまうと思ったからだ。もしも、両国駅からJR東日本本社に「匿名で指輪が届いている」という知らせが行っていて、結果的に十津川にバレたら、「宛先の記憶違いだった」「指輪はたしかに二つ送りつけた。なぜ、もう一つの指輪が見つからないのか、自分にはわからない」と言い張るつもりだった。「わざわざ大金をかけてまで複製したのに、なぜ二つとも手放したのか？」と、さらに問い詰められたら、「だんだんと罪悪感を覚えるようになって、持っているのが怖くなった」と答えれば、言い逃れできるとも思っていた。

そのうえで、宮田は、十津川に、自分の考えを語った。

「僕が両国駅の3番ホームで見たことを話しても、駅員はまったく取り合ってくれませんでしたが、あの夜に、何かが起きたことは、間違いないと思うんです。暗闇の中に二人の人間がいて、その一人がもう一人を殺したにちがいない、と僕は確信しています。それに、あのホームに落ちていた指輪。あの指輪を複製したら、請け負ってくれた白石さんが、殺されてしまいました。こうした事柄が、すべて偶然だとは、思えないんです。謎の発端は、両国駅の3番ホームにあります。一刻も早く、警察で、調べてくれませんか？」

ふむふむと黙ってきいていた十津川だったが、

〈やはり、白石豊が殺された原因は、指輪にあったか〉

と、心の中で、自信を深めていた。

〈まだ公表していない指輪の件を知っているからには、この話は本当なのだろう。彼は殺人事件に関与していないと見て、いいと思う。白石豊が指輪の複製を請け負った時に、じつはもう一つ、複製を造っていたことを、彼は、知らないようだな。これは、わざわざ、伝えることはないだろう。両国駅で目撃した不審な出来事というのは、たしかに気になる。しかし、何かが起きたと断定するには、あまりにも物証がなさすぎる。さて、どうしたものか……〉

そう思案しているうちに、宮田の出社時間が、迫ってきた。

「お話は、よくわかりました。こちらとしても、全力で捜査します。あなたが送りつけたという二つの指輪については、JR東日本に連絡して、こちらで回収しておきます。今後、また何かご相談するかもしれないので、携帯電話の番号を交換しても、いいですか？」

十津川が言うと、宮田はそれに応じながら、

「両国駅の3番ホームで起きた事件を解決すると、約束してくれるのですね？」

と、しつこく迫った。

亀井は、約束してもらったと思い込んで宮田が舞い上がり、SNSを使って、手柄話のように拡散されてはかなわないと考え、ちょっと厳しい口調になって、お灸《きゆう》をすえた。

「謎を解きたいというお気持ちはわかりますが、拾った指輪を届け出なかったうえ

に、勝手に複製までして、匿名でJR東日本に送りつけたのは、さすがに、やり過ぎですよ。本来なら、窃盗罪に問われるところです。それに、立ち入り禁止のロープが張ってある、3番ホームに入り込んだのも、問題です。不法侵入と言われても、仕方ないじゃありませんか。今回はご協力いただいたことに免じて、とやかく言いませんが、これからについては、われわれ警察に任せて、くれぐれも自重してください」

宮田は「はい」と素直に肯いたものの、やや不満げな表情を見せたことを、十津川は見逃さなかった――。

捜査会議で十津川は、被害者の白石豊の勤務先、東京ジュエリーに造ってもらった問題の指輪を、部下の刑事たちに回覧させた。指輪は、東京ジュエリーに残されていた写真をもとにした、複製品である。これこそが事件の鍵を握ると直感した十津川は、聞き込み捜査にも使えるようにと、五個注文していた。

そして、今朝方、亀井とともに会った宮田典の証言を語り、改めて問いかけた。

「この指輪をはめていたのは、どんな人間だろうか？　まずは、この指輪から想像できることを、諸君にきいてみたい」

十津川の問いかけに、刑事たちは、思いつく限りのことを口にしはじめた。

興味深い意見もあったが、さすがに、これというものは、なかなか出てこない。しかし、先入観にとらわれない議論を重ねているうちに、意外と的を射た見方が出てくることもある。十津川は長年の経験からそう考え、黙ってきいていた。

やがて、議論は、指輪に彫られている数字「5」に集中した。

――仮に、「5」がナンバリングを意味しているとすれば、「1」「2」……と、数字だけが異なる、同じデザインの指輪が、他にもあるのではないか？

――もしもそうだとすれば、この指輪を持っている人間は、複数いることになる。

――「5」が見つかっているのだから、この指輪のグループは、最低でも、五人いるということだろうか？

議論が出尽くしたところで、十津川は捜査会議の初日を締めくくった。

「諸君、長い時間、ありがとう。皆の議論をきいているうちに、私もだいぶ考えがまとまってきた。少なくとも、この指輪に関わりのあるグループが存在することは、確かなように思える。彼らが何者なのか、この指輪をもとに、聞き込みを徹底してほしい」

それから一週間以上経っても、捜査に劇的な進展はみられなかった。十津川は、部下に命じて、指輪のことをＪＲ東日本に尋ねさせたが、「そういうものは、こちらに送られてきていません」との回答だった。

「妙だな」

と、十津川は、思ったが、ＪＲ東日本に引き続き調査してもらうように要請するしか、他に手がなかった。

ただ一つ、指輪に彫られている「ランの一種の花」の由来が明らかになった。今から数十年前に、南米で発見された新種のそれであることが判明したのだ。

名前は「エイミー」。熱帯性の稀少《きしよう》なランで、発見当時は「世界最小のラン」と言われ、この花をイギリスで研究、栽培をしていたラン研究の第一人者が、自分の娘の名前をつけたことでも話題になった。だが、その後の研究により、じつは毒性が強く、民間での栽培に適さないことが証明されたため、急速に忘れられた存在となった花だった。そうした事情から、「小さな悪魔」とも呼ばれているという。

指輪の専門家によれば、そうした世界的に珍しい花を指輪の紋様にあしらうのは、何らかの強烈なこだわりを持つ個人か、グループか、であるという。

（どうやら、相当にクセのある連中らしい）

と、十津川は、思った。

2

　その頃、両国国技館では、大相撲十一月場所が始まった。

　普通ならば、十一月に行われるのは、九州《きゆうしゆう》場所である。だが、この年は、角界を揺るがす騒動が続けざまに起こり、大阪《おおさか》・名古屋《なごや》・福岡《ふくおか》の地方場所が開催不能という、異常事態に陥ったのであった。

　しかし、災い転じて何とやら、異例の十一月東京場所は、大成功となった。

　この場所、往年の大横綱・大鵬《たいほう》に似た美男力士、それも先場所十両で優勝して、前頭十六枚目に上がったばかりの新入幕、十八歳の「館山《たてやま》」が、破竹の快進撃を見せたのだ。

　館山は、その名のとおり、千葉県館山市出身。長身にして痩身、それでいて柔軟な筋肉を持つ、色白のイケメンである。おおかたの角界通は、新入幕の今場所は八勝七敗、勝ち越しぐらいで幕内にとどまれば御の字と評していたが、あれよあれよと、中日まで全勝。きれいに白星を重ねていった。

　当然、人気が出る。あの大鵬が昭和三十五年初場所、新入幕で十二勝三敗の好成績を上げ、日本全国を熱狂の渦に巻き込んだ時のような、大フィーバーとなった。当時、勤務を終えて帰途につくサラリーマンたちが、家に帰ってからでは大鵬の取組がテレビで見られないために、テレビのある喫茶店に立ち寄り、相撲を見てから家路につくという現象が生まれた。テレビがある飲食店では、店の入り口に「テレビあります」「相撲、見られます」と書いた看板を、置いたものである。それと同じような大フィーバーが、現代に巻き起こったのだ。

館山は、十日目に初黒星。大関に当てられ、まともにぶつかって土をつけられた。しかし、直後に、同じく全勝を保っていた三十五歳の横綱も敗れ、一敗同士で並んだ。

マスコミは一斉に、目の色を変えているのは館山自身よりも、日本相撲協会《にほんすもうきようかい》だろうと書き立てた。不祥事続きで、あちこちから批判にさらされている相撲協会にとって、天祐《てんゆう》だと皮肉ったのである。相撲ファンも現金なもので、先場所までは客足が遠のいていたのに、館山が勝ち続けると、満員御礼の垂れ幕が、連日下がるようになった。

はたして、相撲協会が望むような展開になった。十三勝一敗の相星で、横綱と館山が楽日を迎えたのである。本割では横綱と館山の直接対決は組まれなかったが、日の出の勢いの館山と、三十代半ばの横綱の対決は、まさに世代交代の一番。緊急世論調査では、回答者の八十％が、優勝決定戦になれば館山が勝つ、もしくは勝ってほしいと答えた。

十一月十九日の千秋楽《せんしゅうらく》、両者ともに勝利し、優勝決定戦が実現。世紀の大一番で、館山は立ち合いの踏み込み鋭く、横綱を一気に押し出し、新入幕にして初優勝という、じつに百三年ぶりの快挙を、成し遂げたのであった。

日本全国が、熱狂した。その勢いに便乗するかたちで、相撲協会とJR東日本が提携して、スペシャル旅行企画を発表。十一月の最後の週末、二十五日（土）に〝優勝力士・館山とともに房総を旅する〟と銘打った、両国発館山着の臨時特急「さざなみ」を走らせるとしたのだ。

列車は五両編成で、募集人員は五十名。三号車のサロンカーに館山が同乗し、走行中に乗客と懇親したり、サインに応じたりするとした。また、サロンカーの真ん中壁際には館山の優勝額が飾られて、館山と記念撮影ができることも、併せて発表された。

この列車は、二十六日（日）には館山発両国着も運行され、当選した人は一泊二日の南房総旅行を楽しむことができるという。ただし、館山は二十五日のうちに都内に帰らなければならないため、帰路の「さざなみ」では不在である旨、告知されていた。

そして、鉄道ファンも喜ばせたのは、両国駅では「幻の3番ホーム」を使用するということだった。このホームを発着に使うのは、半年ぶりのことになる。混乱を避けるために、3番ホームに立ち入ることができるのは、イベント関係者と報道陣、そして当選者のみと発表された。それでも、鉄道ファンからすれば、隣接する総武線のホームから臨時特急「さざなみ」を撮影できれば、それだけで十分なのである。

このお祭り騒ぎに、宮田も反応していた。

そこそこの鉄道ファンではあるが、相撲ファンというわけではない。新聞をよく読まなければ「臨時特急が走るんだ」くらいの感想しか持たなかったにちがいないが、〈両国駅3番ホームを使用する〉という記事を見て、俄然《がぜん》興味が湧いてきたのである。

もしも、このイベントに当選したら、普段は立ち入ることのできない3番ホームに、堂々と乗り込んでいける。それは、あの指輪の持ち主、あるいは関係者にしても、同様ではないのか？

宮田は、そう考えたのである。

一連の事件の鍵を握るその人物は、自分が不審な出来事を目撃した夜、両国駅3番ホームに問題の指輪を落としたことを、今になって気づいたのかもしれない。揉《も》み合っているうちに、犯行現場に遺留品を残してしまった——それがあの指輪であったならば、他にも何か落としたのではないか、と不安に駆られるのも当然だ。ホームの上は駅員が毎日清掃するというが、3番線の線路上や、ホームの端の隙間までは目が届かないだろう。犯人としては、これ以上の遺留品はないということを、是が非でも、確認したいにちがいない。犯人には、3番ホームに手引きする仲間がいるのかもしれない。だが、自分と千里が3番ホームに立ち入って疑問を呈したり、匿名で指輪を送り届けたりしたから、周りの目もあって、迂闊《うかつ》に動けなくなっているのではないか？

そこまで考えて、宮田は、犯人もしくはその一味がイベントに姿を現すのは、間違いないと思った。もちろん、彼らも、3番ホームに立ち入るためには、イベントに応募して当選しなければならない。だが、あの秘密結社めいた指輪を見ていると、何らかの手段で当選キップを手に入れることなど、わけもない力を持っているように感じた。

さらに、自分と千里は、両国駅の3番ホームに立ち入り、駅員二人に顔を見られている。あの駅員たちと犯人が繋がっているならば、自分たちの情報が犯人に伝わっている可能性がある。となれば、当選キップを手に入れて両国駅3番ホームに立ったら、怪しい目つきでこちらを睨《にら》みつけてくる人物を探し出せるかもしれない——。

妄想めいた考えだが、宮田は、何だか楽しくなってきた。平穏な日常の中で、誰も知らない大事件を、自分で解決するチャンスを摑《つか》んだように感じたのである。

さっそく、宮田は恋人の渡辺千里にも頼んで、応募することにした。千里が当選したら、代わりに自分が行ってくるつもりだった。

そして、自分の「計画」を伝えると、千里は笑って、

「そんなにうまくいくかしら？　すごい倍率なんでしょ。外れて当然よ」

と言ったが、数千倍の倍率を突破して、千里が見事にプラチナ・チケットを勝ち取ったのである。

ところが、通知書の但し書きをよく読んでみると、〈他人への譲渡不可。本人以外の乗車は、お断りすることがあります〉とあった。館山の異常人気を受けて、運営サイドが予防措置を採ったようだった。

これでは、千里を、危険な目に遭わせてしまうかもしれない。そう考えた宮田は、

「犯人がいるかもしれないところに、君を一人で行かせるわけにはいかないよ。この当選キップは返上しよう」

と提案したが、千里は思いのほか強気で、

「大丈夫よ。あなたの想像するように犯人がいたとしても、人目につくところで手を出したりするわけはないわ。両国駅や臨時特急の車内では写真を撮り続けて、あなたに送る。その写真をチェックして、怪しい人物が写っていないかどうか、確かめて。万が一、私に何かあったら、あなたが会ってきたっていう、十津川さんに相談すればいいわ」

と言った。さらには、

「もしかしたら、あの指輪と同じデザインのものをはめている人を、見かけるかもしれない。それを確かめたいから、私に指輪を預けてくれないかしら？　写真よりも、現物があるほうが、確実にわかるから」

とまで言うので、宮田も何となく同意してしまった。

そうしたわけで千里が乗車することになったのだが、もう一人、というより、もう一つのグループも、宮田と同じ発想でイベントに応募していた。十津川たちの捜査班である。

十津川はJR東日本に、イベント当選者の体で刑事二人を乗せてくれと頼んだのだが、あっさり断られてしまった。やむなく、二十人の刑事たちに、個人として応募するように命じたところ、たった一人、北条早苗《ほうじようさなえ》刑事が当選した。

北条早苗は、刑事の身分を隠し、スージョ（女性の相撲ファン）の一人として参加することになった。イベント当日までの間、スージョらしく振る舞うために、力士の名前や相撲の技を、ひたすら暗記したのであった。

3

そして迎えた十一月二十五日、両国駅3番ホームは、活気に溢れていた。

ホームは美しく彩られ、テレビをはじめとした報道陣も、ぎっしりと並び立った。

両国発は十時〇〇分。そして、一時間前に3番ホームへの案内が始まるので、千里は一番乗りの集団に加わった。そして、臨時特急「さざなみ」が入線する九時三十分までの間、ホームや線路をジロジロと眺めまわして、何かを探している人物がいるのかを確かめたが、そうした人物は見受けられなかった。

「今のところ、怪しい感じの人は見つからないわ」

千里が電話で報告すると、津田沼の自宅マンションで待機することになっている宮田は、

「臨時特急にはテレビの取材班が入って、生中継をするんだ。車内の様子はテレビで見ているからわかるだろうけど、君のことが心配だ。二十分おきに電話してくれよ」と言った。

「心配性なのね。でも、ありがとう」

千里は笑って、電話を切った。

出発間際に、今日の主役・館山が親方と連れだって3番ホームに上がり、先に到着していた相撲甚句《じんく》を唄う幕下の若手力士とともに、サロンカーに乗り込んだ。

無数のカメラフラッシュが光る中、いよいよ臨時特急「さざなみ」の出発である。

十時ジャストに両国を発《た》つと、次に止まるのは蘇我《そが》駅。蘇我から内房線《うちぼうせん》に乗り入れて、終点館山には十二時ジャストに到着する。なお、蘇我には十一時〇〇分に到達するが、これは時間調整のためで客の乗り降りはないとのことであった。

パンフレットには、館山に着いてからは「終日自由行動」とある。翌日は往路とすっかり逆で、午前十時に館山発、十二時ジャストに両国駅3番ホーム着となっていた。

帰りも臨時特急「さざなみ」を利用するのは、行きの乗客の八十%と発表されている。残り二十%は、主役の館山が二十五日のうちに東京へ戻ってしまい、帰りの「さざなみ」には乗らないため、そうならば慌てて戻らずに、南房総でのんびり過ごしていこうと考えているらしい。

十津川たちは、警視庁の捜査本部でテレビの生中継を見つつ、北条早苗の電話連絡を受けていた。電話は三十分おきにかかってくることになっている。

最初の報告は、「さざなみ」が西船橋《にしふなばし》を通過する頃だった。

「ただいま、サロンカーに来ています。大変な賑《にぎ》わいで、ほとんどの乗客がサインをねだっているのに、館山さんは嫌な顔もしないで、せっせとサインに応じています。

いろいろとあった相撲協会ですが、これで人気を取り戻すんじゃないでしょうか。そのくらい、この館山さんという力士は魅力を持っていますね。これから私も、車内で買った色紙に、サインをしてもらいます」

スージョのふりをしなければならない北条早苗だったが、そのウキウキした声は、本物の相撲ファンそのものであった。

宮田と千里も、二十分おきに電話で話していた。

「テレビを見ると、サロンカーの隣にカフェがあって、無料でコーヒーやジュースを飲ませているみたいだね」

「そうなの？　そっちにはまだ行っていないから、見て来るわね」

いったん電話が切れた後、千里からすぐにかかってきた。

「たしかに、飲み物はすべて無料ね。でも、乗客の皆さんはサロンカーで館山と写真を撮るのに夢中で、こっちのカフェにはあまり来ていないわ」

「乗客の中に、怪しい人物はいない？」

「例の指輪をはめている人がいないかも観察しているんだけど、今のところ、変な雰囲気の人はいないわね。もう少し経ったら、中で撮った写真を送るわ」

蘇我駅で十分間、時間調整をした後、「さざなみ」は内房線を一路、終点の館山へと走る。千里が定時連絡を入れてきた。

「今、サロンカーの大型テレビで、十一月場所の館山の取組をダイジェストで流しているわ。乗客たちは館山と一緒にそれを見ていて、勝った場面になると、一斉に大拍手。大変な人気よ」

「おかしなことは、何も起きそうにないようだね」

「これでは、事件なんか、起きるはずがないわ。ＪＲの職員さんやアテンダントも、みんなニコニコ。乗客の皆さんも、大満足のようだから」

十二時ジャスト、「さざなみ」は定刻どおり、終点館山に到着した。

館山駅のホームは、出迎えに来た市民で溢れ返り、小学生のかわいらしいブラスバンドが景気のいい音楽を奏でる。下車を前にして、車掌がマイクで乗客に案内した。

「皆さん、お疲れさまでした。ここからの行動は、自由となります。思いきり南房総の景色を楽しみ、食事をして、各自予約したホテルなどで一泊してください。多くの方々が明日十時発の当列車を予約されていますが、もう少し南房総に滞在したいという場合には、キャンセルしても構いません。お持ちの切符は別の列車にもそのまま使えますので、キャンセル料は発生しません。では、どうぞお楽しみください」

テレビでは、館山が取材に応え、「来場所も優勝を目指して頑張ります」と、にこやかに答えている。十津川がそれを見ていると、北条早苗から連絡が入った。

「館山駅を、出たところです。こちらは快晴、さすがに南房総は暖かいですよ。乗客の皆さんはあらかじめ、どこで食事をするのか、どこを観光するのか、決めているみたいですね。私も、駅前にある中華料理店で、ラーメンでも食べてきます」

亀井が脇できいていて、

「思いのほか、呑気《のんき》な捜査になりましたな」

と言うので、十津川も思わず笑ってしまった。

一方、渡辺千里は、館山駅近くのカフェで軽いランチをとってから、宮田に電話をかけた。

「若い女の子たちが、ぞろぞろとバス停に向かっていくわ。どうやら、館山ファミリーパークに行くみたい。十万本の花が咲き乱れている公園で、パターゴルフや釣りも楽しめるらしいわよ。もう一つ、道の駅もあって、そこで枇杷《びわ》のジャムとか、カスタードプリンを買ってから帰ってくるみたい。私も行ってみるから、何か欲しいものがあったら、電話してね」

宮田はすっかり安心して、「気を付けていってきて」と言った。

ところが、これが、この日最後の会話となってしまったのである。

4

夕方六時、十津川のもとに、北条早苗から十六回目の電話連絡が入った。

「ただいま、今晩宿泊するホテル館山に来ています。これから館内で夕食をとるつもりですが、このホテルにもイベントの参加者が何組か、来ていますね。明日の臨時特急で帰る人たちは、駅周辺のホテルに泊まっているみたいです。明後日《あさって》以降に帰るという人たちは、南房総突端の白浜《しらはま》や、千倉《ちくら》のほうに足を伸ばしてみると言っていました。南房総のように、東京からこれだけ近いのに大自然に恵まれたところは、少ないんじゃないでしょうか。本当に気に入りました」

すっかり南房総ファンとなった北条早苗だった。

ちょうどその頃、宮田の焦りは、最高潮に達していた。昼過ぎに電話があってから、千里との連絡がプッツリと絶えてしまったのである。千里の携帯電話に連絡してみても、〈おかけになった電話は、電波の届かない場所にあるか、電源が入っていないためかかりません〉という、機械的な音声が返ってくるだけなのだ。最初は、千里が買い物に夢中で電話連絡を忘れているにちがいないと思い、舌打ちをくり返していた宮田だったが、陽が沈むにつれて、苛立《いらだ》ちは焦りへと変わっていった。

午後七時、宮田は、千里が投宿すると言っていた館山市内のホテルＮに電話をかけてみた。

しかし、フロント係の男性は、

「たしかに、渡辺千里様のお名前でご予約を承っておりますが、まだご到着になっていません」

と言うのである。

いよいよ、宮田は、パニック状態に陥った。部屋の中をグルグル歩き回った後、ようやく十津川と携帯電話の番号を交換したことを思い出し、藁《わら》にもすがる思いで電話をかけてみた。

幸い、十津川は、すぐに電話に出た。

宮田が勢い込んで事情を説明すると、十津川は、

「じつは、われわれも『さざなみ』に捜査員を乗せていたんですよ。北条早苗という女性刑事です。彼女も今、館山市内にいますから、ご協力できると思います」

と言いつつ、

「しかし、あなた方は何だってまた、危険かもしれないのに、こんなことに首を突っ込んでいるんですか？」

と、苦言を呈した。

亀井にお灸をすえられたのに勝手な真似《まね》をしてしまった宮田からすれば、もっとも耳にしたくない言葉だったが、ぐうの音も出ず、

「ありがとうございます。本当に助かります。私もこれから、急いで館山に向かいますので、現地で北条さんと合流させていただきます」

と、早口で答えるのがやっとであった。

だが、本当はまだ、十津川に明かしていないこともあった。問題の指輪についてで

ある。じつは本物を自分が持っていて、今は千里に託していることを話す気には、とてもなれなかった。

午後七時半過ぎに自宅マンションを飛び出した宮田は、津田沼から千葉まで黄色い電車の総武線各駅停車を使い、千葉駅で内房線千倉行きに乗り換え。津田沼を出てから二時間半後の午後十時十五分頃に、館山駅に降り立った。

最初に向かったのは、ホテルNである。だが、千里はまだチェックインしていない。宮田は、

「ここ数時間のうちに、若い女性の観光客が事故に遭ったとかいうニュースが、流れませんでしたか？」

と尋ねたが、ホテルマンは困惑した表情で、

「そのような話は、きいていません」

と、答えるのみだった。

その時、宮田の携帯電話に、十津川から連絡が入った。

「館山に入られた頃でしょうか？」

「はい。とりあえず、彼女が宿泊することになっているホテルNに来ていますが、やはり連絡はないとのことです」

「わかりました。千葉県警館山署に、千里さんが行方不明になっていることを知らせておきました。メモの用意はいいですか？　北条刑事の電話番号をお伝えします」

宮田が北条早苗の携帯電話番号を書き留めると、十津川は、

「今晩のうちに千里さんの行方が摑めない場合は、明日の朝、私もそちらに向かいます」

と、言った。

宮田はその夜、ホテルNの千里が泊まるはずだった部屋に投宿した。北条早苗とは、翌朝にホテルNのロビーで合流する約束をして、ひとまず電話を切った。

不安のうちに夜を過ごし、眠りも浅い中で夜明けを迎えた頃、携帯電話がけたたましく鳴った。慌てて手に取ると、液晶画面には〈非通知設定〉とあった。

「千里か！　おいッ！」

宮田は叫んだが、返事がない。もう一度、

「返事をしてくれ！　千里なんだろ!?」

と言うと、聞き覚えのない男の声が響いた。

「余計なことはするな」

そうひとことだけ言い残すと、通話が切れてしまった。

携帯電話を手にしたまま、宮田はしばらく、呆然《ぼうぜん》としていた。数分後、やっと我に返り、北条早苗に連絡した。

5

宮田の話をきいた北条早苗は、

「すぐに十津川警部に、連絡します。私は館山署に向かいますので、宮田さんも来ていただけませんでしょうか」

と、言った。その的確な指示が、動揺した宮田にはありがたかった。

館山署に急いで行くと、北条早苗が先に到着していた。宮田を迎えた北条早苗は、

「静かだわ」

と、呟いた。

「それは、どういうことなんですか？」

宮田がきくと、北条早苗は、

「少なくとも、今のところ、館山署の管内で事件が発生したという通報はない、ということですよ」

と答え、宮田を伴って、署長のもとへ直行した。

こんな早朝なのに、館山署の署長はすでに席についていた。北条早苗が挨拶すると、

「昨日の夜、十津川さんから連絡があったものですから、気になって、深夜に自宅を出て、署で待機していたんですよ」

と、署長は言った。そして、宮田からひとしきり話をきくと、署長は千里の身長と体重、血液型、体型、そして服装を尋ねた。

「そんなことよりも、僕に電話をかけてきた男が何者なのか、調べられないのでしょうか？　その男が千里を誘拐したにちがいない！」

宮田が突っかかると、署長は冷静な口調で、

「たしかにそのとおりですが、今はまだ、手がかりがありません。先に、千里さんが病院に搬送されていることを想定して、南房総エリアの病院を調べてみることから、始めてみましょう」

と、言った。

昨日の昼十二時から今朝までに、救急車が出動した回数は三十二回、患者の内訳は男性十八人、女性十四人であった。署長の指示により、女性十四人の一人一人の身元

を二時間かけて確認したが、この中に千里らしき女性は見当たらなかった。

救急搬送された人々の調査をしている間、署長は宮田から、事の経緯を詳しくきき出していた。そして、千里の所持品についてきいているうちに、問題の指輪のことが挙がった。

「その、謎の指輪というのが、宝石店店員放火殺人事件と、関係しているかもしれないのですね？　そんなものを、千里さんが、持ち歩いていたと？」

署長が確かめると、宮田は歯切れ悪く、

「……はい」

と、肯いた。

「それはまた、少しばかり、難しいことになってきましたね。十津川さんには、私から説明しておきましょう」

今、起こっていることの状況を理解した署長が顔をしかめると、北条早苗も渋い表情を浮かべた。

十津川には、指輪を二つとも、ＪＲ東日本本社に送りつけたと、嘘をついたのである。立派な捜査妨害でもある。指輪の件を十津川と亀井に知られてしまうのは怖かったが、宮田は無言でうなだれるほかなかった。

午前八時過ぎ、十津川と亀井が、館山入りした。早朝に、車で東京を出て、移動中に北条早苗から脅迫電話の件をきいたという。指輪のことも署長からきいているはずだったが、宮田には特に何も言わなかった。いっそ、叱られたほうが、宮田にとっては気が楽だったのだが。

さっそく、館山署内で捜査会議が開かれ、宮田も同席することになった。その席上で、十津川は、四谷三丁目で起きた放火殺人事件の詳細を説明しながら、こう言った。

「私は、宝石店店員放火殺人事件と、宮田さんたちが両国駅の3番ホームで見つけた指輪とは、関係があると見ています。問題の指輪の複製を持参しましたので、こちらの捜査でも使ってください。おそらく、犯人は複数人から成るグループで、相当に手《て》強《ごわ》いと思われます。そして、彼らが千里さんを誘拐した可能性は、極めて高いと言わざるをえないでしょう」

次に、宮田にかかってきた警告電話が、議題の中心となった。

十津川が、宮田にきいた。

「男は、『余計なことはするな』と言ったそうですね。その声は、どんな口調でしたか？」

「今思えば、腹を立てて、早口でまくし立てた、という感じでした」
「恫喝《どうかつ》するといったものではなく？」
「脅すというより、私や千里の動きに対して、いい加減にしろと、苛立っているようでした」

警告電話をかけてきた人物は、なぜ宮田の連絡先を知っていたのか？　渡辺千里を誘拐し、携帯電話を奪って電話番号を調べたのだろうか？　と議論が進んだところで、館山署の警察官が、
「渡辺千里さんらしき女性が、R病院に搬送された模様です！」
と、会議室に飛び込んできた。

十津川たちは、パトカーで館山市内のR病院に急行した。

その移動中にも、少しずつ、情報が入ってきた。

渡辺千里と思われる女性は、館山市郊外の、イチゴを栽培している農家の温室で発見されたという。R病院に先着した刑事の報告によると、
「命に別状はない模様ですが、何らかの薬物を飲まされたと見えて、意識がないそうです」

とのことであった。

R病院に到着すると、十津川らは一階の救急救命室前の待合室に案内された。治療にあたっている副院長は、落ちついた口調で、こう答えた。

「現状、患者は昏睡《こんすい》状態にあります。ただし、死に至るという心配はありません。何らかの薬物を投与されたことは確かなようです。幸い、致死性のものではないようですが、意識を失わせるもののようです。当面は、問題の薬物を体外に出すことに努めます。それに成功すれば、意識を取り戻すと思います」

その言葉に一同が安堵《あんど》していると、看護師長が千里の所持品を記したリストを持ってきた。

それを見た宮田が、

「指輪がありません！」

と、叫んだ。

十津川は、ポケットから問題の指輪の複製を取り出し、

「この指輪を持っていたはずなのですが？」

と言って、師長に見せた。

「これ、男物の指輪でしょう。患者さんがはめていたら、ユルユルですよ。この指輪は身につけていなかったですし、ポケットの中にもありませんでした」

師長がこう答えると、館山署の署長は部下たちに、

「渡辺千里さんが発見された、イチゴの温室を調べろ。この指輪が落ちているかもしれん」

と言い、十津川が持参した指輪の複製を手渡した。

十津川は、亀井と北条早苗に、

「君たちも、行ってこい」

と、指示した。

第三章　昭和二十年三月九日の夜

1

結局、イチゴ園から、問題の指輪は発見できなかった。おそらく、犯人が持ち去ったのだろうと、千葉県警館山署は推測した。

その一方で、渡辺千里が飲まされたと思われる、薬物の成分がわかってきた。覚醒剤らしいというのだが、その成分は現在主流の覚醒剤のそれではなく、戦前から戦後すぐまで、日本でも一般に流通していた「ヒロポン」によく似た成分だという。

千里の容態が心配されたが、医師によると、現在主流の覚醒剤に比べると効き目が弱く、体外への排出も容易にできるため、その影響は一時的なもので、一週間ほど入院していれば、完全に回復するとのことだった。

ホッとしたのも束《つか》の間《ま》、十津川の携帯電話に、三上《みかみ》本部長から連絡が入った。「できるだけ早く戻ってこい」というのである。そこで、十津川は、北条早苗刑事だけ館山に残して、亀井とともに東京へ向かった。

十津川が警視庁に戻ると、三上本部長は、

「帰ってきて早々にご苦労だが、四ツ谷のホテルKに行ってくれ。そこに泊まっている、原田勝《はらだまさる》という男性に会ってもらいたいんだ」

と言った。

「どういう人なのですか？」

「八十六歳の年金生活者だ。私の同期の古くからの知り合いで、身元は確かだそうだ。同期が話してくれたことでポイントになるのは、この原田という老人は、これまでに何度となく、『JR両国駅の、今は使われなくなったホームで、過去に殺人事件が起きていた。それも、まったく世間に知られていない事件があった』と語ったことがあるうえに、その話は千葉県の館山が絡んでいるとも言っていたそうだ。両国駅のホームに館山と、今回の殺人事件と共通することが二つもあるというのが、はたして偶然なのかどうか、同期はどうにも気になったそうで、捜査一課のほうで直接会ったほうがいいと言ってきたんだ。まったくの空振りに終わるかもしれんが、今回の事件に少しでも関わる話ならば、事情を一番よくわかっている君にきいてもらうのがベストだろう。そう考えて、至急で戻ってきてもらったんだ」

「『両国駅』と『館山』が、キーワードで出てきたんですね？　たしかに、気になりますね。とりあえず、亀井と一緒に行ってみます」

「うむ。一つ、頼むよ。ちなみに、原田老人は、自分が聞いてもらいたい話を、〝神話〟と言うんだそうだ。なぜかはわからんが、その呼び名には、ひどくこだわっているみたいだぞ」

「わかりました」

十津川と亀井は、警視庁を飛び出して、四ツ谷のホテルKへと急いだ。

ロビーで会った原田勝は、小柄な老人だが、八十六という年齢より、はるかに若く見えた。

挨拶を済ますと、さっそく十津川は尋ねた。

「両国駅の、今は使われなくなったホームにまつわるお話……いや神話をご存じということですが、その神話とはいつ頃のお話なんですか？」

「昭和二十年の、三月九日のことです」

と、原田老人は答えた。

「戦時中のこと、ですね」

「そうです」

〈七十二年も前の話なのか〉

声にこそ出さなかったが、十津川は失望を禁じえなかった。

戦時中の話が、今回の殺人事件と、どう繋がるというのか。〈たぶん、繋がらないだろうな……〉と思いながらも、原田老人が話していたという両国駅と館山の関連には興味をひかれ、十津川はとにかく目の前の老人の話をきくことにした。

原田老人は語りはじめた。

「その日の夜のことです。国鉄両国駅の貨物専用ホームに、貨車八両と、それを牽引《けんいん》するSL『C57』が停まっていました。その貨車には、五十人の兵士が乗せられていたほか、特攻兵器も積み込まれていました」

十津川はちょっとびっくりして、

「特攻兵器と言いますと、飛行機ですか？」

と、きくと、原田老人は頭を振って、

「いや、水中特攻用の兵器です」

と言い、一枚の古びた写真を見せてくれた。

そこに写っていたのは、潜水服を着た少年の写真だった。

若い、まだ十代と思われる少年。それが、大きな潜水服を着て、なぜか右手に竹竿《たけざお》を持っている、そういう写真だった。

「これが、水中特攻隊ですか？」

と、亀井がきくと、原田老人は大きく肯いた。

「とても兵器のようには見えないかもしれませんが、水中特攻隊に間違いありません。戦争末期には、本土決戦に備えて、さまざまな特攻兵器が作られました。一番知られているのは、神風特攻隊《かみかぜとっこうたい》などで知られる航空特攻でしょう。飛行機に爆弾を積んで、アメリカの軍艦に体当たりする。これがもっとも盛んに行われた特攻で、特攻の死者のほとんどが飛行機によるものです。しかし、特攻はそれだけではありません。人間魚雷『回天《かいてん》』。人間が大型の魚雷の中に入って操縦し、軍艦に体当たりをするものです。他にも、モーターボートに爆弾を積んで体当たりする『震洋《しんよう》』がありましたが、これはほとんど実戦の役には立たなかったといいます」

「この写真の潜水服と竹竿も、そういった特攻兵器の類いだったと？」

「そうです。これは『伏龍《ふくりゅう》』です。訓練をくり返している段階で終戦になったため、実戦配備には至りませんでしたが。ただ、当時の潜水具は今と違って不具合も多く、訓練中に亡くなった方はかなりの数に上るそうです」

「しかしまた、こんな装備で、どうやって軍艦を沈めるんですか？」

「潜水服を着て海の底に潜り、敵の軍艦が近づくのを待つんです。右手に竹竿を持っているでしょう。その先に十五キロの機雷を取り付けているんですよ。その恰好のまま、じっと海底に潜って待つ。戦争末期、大本営は、昭和二十年秋には、アメリカ軍が本土に上陸してくると見ていました。その主力は、東京湾に来る。そして、東京――当時は帝都《ていと》と言われていました――が占領されてしまえば、いよいよ終わりです。だから、何としてでも、アメリカ軍が東京湾に上陸してくるのを防がねばならない。そこで、東京湾周辺にいくつもの要塞が造られ、その一つに千葉県の館山に建造されたものがありました」

原田老人は、ひと息ついてコーヒーを飲んでから、静かな口調で続けた。

「館山湾では、本土防衛のための特攻訓練が始まりました。『伏龍』も、その一つでした。昭和二十年三月九日の夜、国鉄の両国駅に集められた部隊は、まさにその『伏龍』隊で、八両の貨車には特攻隊員の他、潜水具と竹竿、竹竿の先に付ける機雷が積み込まれていました。もちろん、軍機、つまり軍の機密として厳重に秘された、誰も知るはずがない特別列車だったんですが……」

「その機密が、じつは漏れていたと？」

「そのとおりです。それを知っている人間が、いたんです。それは深川《ふかがわ》の小学校、当時は国民学校と言っていましたが、そこの教師二人でした。おそらく、『伏龍』の特攻兵士の誰かが、漏らしたんでしょう。私は、部隊の中に、深川の国民学校の出身者がいたと見ていますが。それはともかく、軍機を聞きつけた二人の教師は、驚くべき行動に出たんです」

「何をしたんですか？」

「館山に向かう特別列車に、東京に取り残されていた児童たちを乗せようと図ったんです」

　さすがに、十津川と亀井も、驚愕《きょうがく》した。軍が極秘中の極秘として準備している列車に、民間人が近づくことがどんなに危険なことかは、七十年以上経った今でも、容易に想像がつく。

　原田老人は、なおも続けた。

「当時、帝都では、本土決戦の際に足手まといになるであろう児童たちを、関東近郊の農村、あるいは漁村に疎開させていました。深川も例外ではなかったのですが、なぜかたった一校の、たった一組だけが、疎開の対象にならずに取り残されていたんです。六年生の四十五人でした。軍機の特別列車に近づこうとした二人の教師というのは、その学校の先生と担任だったのです。彼らは、何としてでも、四十五人の児童たちを地方に疎開させたかった。このまま東京に残っていれば、子どもたちは爆撃で死ぬと、真剣に感じ取っていたからです。そんな折に、両国駅から館山に向かう特別列車があると聞きつけ、矢も楯《たて》もたまらず、四十五人の児童を引き連れて、両国駅にやってきたんです。そこには、たしかに特別列車が停車していました。ところが、貨車には五十名の特攻兵士と、三名の若い将校がいました。将校は、血気盛んな二十代の若者たちです。最初、将校たちは先頭車両の貨車に乗っていて、児童たちが両国駅のホームに入ってきたことに気づきませんでした。二人の教師たちはその間に、竹竿を積んだ後方車両に必死で子どもたちを押し込もうとしていたんです。しかし、騒ぎを聞きつけた将校たちが激怒して子どもたちを叩《たた》き出そうとすると、一人の教師が将校にすがりついて懇願《こんがん》し、その隙にもう一人が、将校と揉み合いながら、なおも児童を貨車に押し込もうとしました。これが、最後の疎開のチャンスと思ったからです」

「……そして？」

「――将校の一人が、拳銃で、二人の教師を撃ったんです。即死でした。直後に、その死体をホームに残して、列車は両国駅を発ちました。一つだけよかったことがあったとすれば、あまりのショックに兵士の誰もが言葉を失い、四十五人の児童たちはそのまま貨車から降ろされることなく、館山に運ばれたことでした。子どもたちがその後にどうなったのかはわかりませんが、列車が出発してからわずか数時間後、日付が三月十日に変わった直後の午前零時過ぎ、B29の大編隊による爆撃が始まり、東京の下町は大半が焼失、死者は十万人に上りました。私が兄から聞いた話では、深川周辺も焼け野原になり、もしも四十五人の児童が館山へ向けて脱出できていなかったら、全員が焼け死んだにちがいなかったといいます」

「お兄さんから、そのお話を聞いたんですか？」

亀井がきくと、原田老人は無言で肯いた。

「あの時、特別列車に乗せられていた『伏龍』隊の特攻要員たちは、そのほとんどが十七歳から二十歳の若者たちでした。兄は、その一人だったんです。彼らには将校たちから、絶対に口外するなという命令が出たそうです。武器を何一つ持っていない民間人を、それも国民学校の教師を、二人も帝都で射《う》ち殺したというのは、栄光に彩られた帝国軍人にとって、恥ずべきこと以外の何ものでもない話だったからでしょう。

当時、日本の軍隊は、天皇陛下の軍隊で、皇軍と呼ばれていました。つまり、正義の軍隊で、決して間違ったことをしてはならないと、厳しく叩き込まれていたわけですから、民間人を射ち殺したという話は、極めて重大だったはずです。兄の他にも、この事件を目の当たりにした特攻隊員はいたのですが、誰もがいっさい口外することなく、戦後を過ごしたと聞いています。兄も数年前に九十歳で亡くなる直前まで、この話をおくびにも出さなかったのですが、本当に明日にも死んでしまうのかという間際になって話してくれました。話さずには、死んでも死にきれなかったんだと思います。でも、今日のJR、あるいは両国駅にこんな話をしても、誰も信じてくれないでしょう。この昭和二十年三月九日の事件は、そもそも存在すらしていないことになっていますからね。真相は神のみぞ知る、〝神話〟なんです」

原田老人は、話したいことをすべて話して、疲れ切ったのか、それきり黙ってしまった。

十津川と亀井は、原田老人と別れてから、話の要点を整理するために、近くの喫茶店に立ち寄った。十津川はコーヒーを一口飲んでから、亀井に言った。

「メディアには、両国駅で謎の指輪が見つかったことや、館山で問題の指輪を持った渡辺千里さんが失踪して、意識不明の状態で発見されたことは、いっさい発表していない。そんな状況下で、原田さんから両国駅や館山に関する七十年以上も前の逸話を聞いたというのは、これは単なる偶然なのだろうか？　根拠こそないが、偶然とは思えなくなったよ」

亀井も困惑した表情で、

「同感です。原田老人の言う〝神話〟と、宮田君が見たという両国駅3番ホームでの話には、少し似たところがあるようにも感じられますし」

と、言った。十津川が「どういうことだ？」とき返すと、亀井は考え考えしながら、こう続けた。

「まず〝夜〟というのが共通しています。宮田君が目撃した不審な出来事も、昭和二十年三月九日に起きた射殺事件も、夜にあったことです。また、宮田君は『二人の人間がいて、その一人がもう一人を殺したにちがいない』と言っていて、原田老人の話では『二人の教師が、将校たちと揉み合っているうちに、射ち殺された』とありました。宮田君の話を信じるなら、どちらも両国駅のホームで殺人事件があったことになります。そして、どちらの話も、誰も信じてくれないうえに、話がそれ以上漏れ伝わってこないという点でも、似ています」

十津川は、しばらく考え込んでから、口を開いた。

「今回の事件に関わっている人間が、昭和二十年三月九日に起きた射殺事件のことを知っていて、そのことを暗に示そうとしていたとすれば……。万に一つの可能性にすぎないが、七十二年前の事件を調べたほうがいい、ということになるな」

亀井も肯いて、言った。

「亡くなった二人の教師の名前、館山に移送された四十五人の児童たちの行方を、調べてみる必要がありますね。ただ、子どもたちは、昭和二十年三月の時点で六年生だったといいますから、今では八十三、四歳のはずです。存命の方が、どれだけいるのか、少し不安ですね」

「それもそうだが、深川は東京大空襲で焼け野原になっただけに、戸籍などの書類が残っているのか、焼失してしまったのか、見当もつかないな。今から調べるのは、思った以上に難しいかもしれんが、とりあえず、深川の小学校というのを突き止めてみよう」

と言って、十津川は立ち上がった。

2

数日後、十津川と亀井は、深川R小学校の校長室にいた。

東京都の江東区《こうとうく》役所《やくしょ》に問い合わせたところ、原田老人の言っていた国民学校は、現在の深川R小学校であるということがわかったのである。十津川は、来訪の目的と、調べておいてもらいたい事柄を伝えたうえで、亀井とともに足を運んだのであった。

校長の名は三浦恵子《みうらけいこ》。年齢は五十歳という。もちろん、戦争を知らない世代である。

十津川は、面会の時間を取ってもらったことに謝意を述べたうえで、話しはじめた。

「この学校も、戦災に遭ったそうですね」

「ええ。B29による空襲などで、五人の教師と、七人の児童が戦災死したと、記録に残っています」

「その記録のことで伺いたいのですが、われわれが聞いた話では、学童疎開の対象とならずに取り残されていた六年生四十五人が昭和二十年三月九日に、両国駅から千葉県の館山に向かったというのですが、これは本当でしょうか？」

「その記録も残っていました。たしかに、最後までいた四十五人が、三月九日に館山へ向けて発ったとあります」

「その児童たちを引率していた二人の教師が、三月九日に亡くなったという記録は、ありますか？　その先生たちの名前はわからないのですが」

そのことはあらかじめ伝えていなかったため、三浦校長は意外な質問に困惑した態で、

「いいえ、そういう記録はありませんでした。思い当たる節があるとすれば、三月十日の東京大空襲で、二人の先生が亡くなったとあります。お二人とも、深夜で自宅にいらっしゃったところで、戦災死されたそうです」

と答えながら、深川R小学校に残された記録書類を、十津川と亀井に見せてくれた。

それは、終戦直後、旧国民学校の教師が生存者たちから聞き書きしたものであった。その書類を読むうちに、四十五人の児童を引率した教師の名前に行き当たった。

島村悟　二十二歳。

高木幸子　二十歳。

「しまむら　さとる」「たかぎ　さちこ」と読むのだろうか。二人とも、若い教師である。

しかし、この二人は、三浦校長の言うとおり、死んだのは三月十日の東京大空襲の時で、自宅で焼死したことになっていた。以降のページを繰っても、この記述を覆すような証言は見つからなかった。

仕方なく、十津川と亀井は、三浦校長に礼を言って、校長室を出た。

そして、校内の廊下を歩いているうちに、十津川が急に足を止めた。目線の先には、四年生の図工の展示物があった。

「亀さん、あれ」

十津川は、学級の名前を指さした。そこには「四年サクラ組」「四年キク組」などとあった。

「この小学校では、クラスの名称は一組、二組とかではなくて、花の名前になっているんですね」

「そうだよ。サクラ組、キク組、ウメ組、バラ組と、花の名前になっている」

「あ、ラン組もありますよ」

二人は、慌てて校長室に引き返した。

「何度もすみません。三浦先生、こちらの学校では、各クラスの名前には、花の名がついているんですね？」

十津川がきくと、三浦校長は、

「そうですよ。子どもたちには、わかりやすいですからね」

と肯く。

「戦争中も同じだったのでしょうか？　花の名がつけられていたのですか？」

「ええ。それがこの学校の伝統ですから」

と、三浦校長はにこやかに笑った。

「ランという名前のクラスを見たのですが、これも戦時中からありましたか？」

「ええ。ありました。採用している花の名前は、開校以来、変わりありませんからね」

十津川も、亀井も、次にききたいことは同じだった。十津川の目配せで、亀井が切り出した。

「各クラスには、花の模様も付されるのですか？」

「ええ、そのとおりです。戦前からずっと、同じデザインです」

「では、ランの花も？」

「もちろんです。ご覧になりますか？」

三浦校長はそう言って、各クラスの花の模様が載っているプリントを、手渡してくれた。

それを覗《のぞ》き込みながら、亀井は、

「かなり似ていますね」

と、呟いた。彼も、頭の中で、例の指輪に彫られていたランの紋様と見比べていたのだろう。

プリントは持ち帰ってもらっても構わないというので、十津川と亀井はそれを持って出てきた。

二人は、歩きながら話し合った。

「指輪に彫られていたランは、戦後になって発見された新種だったはずだ」

「そうです。毒性があるので栽培には適さないことがわかり、一般にはあまり知られなくなったと、聞きましたね。深川R小学校のラン組の模様と、指輪の紋様が違っているのは、時代のズレから言っても当然ですが、なぜ似通っているのでしょう？　私には、それが不思議でなりません」

「仮に、指輪の持ち主が、深川R小学校ラン組の関係者だとしてみよう。その人物は、ラン組のデザインを百も承知で、わざと新種のランに変えたのかもしれないよ。もっと大胆に仮説を立ててみると、その人物は、昭和二十年三月九日の射殺事件について、何か知っているのかもしれない。三月九日の事件は、公にはなかったことになっている。七十年の時を経て、事件が闇に葬られたことに抗議しようとしているのであれば、もともとのラン組の模様ではなく、毒性のある新種のランをわざわざ使ったというのも、合点が行く」

と、十津川は、言った。

警視庁に戻り、三上本部長に報告すると、三上は渋い表情を浮かべながら、

「両国駅にランと、今回の事件に共通するものがあることはわかったが、館山はどうなんだろうな。館山への旅イベントが行われるというのは、館山という力士が新入幕で優勝したから成立したのであって、初めから犯人たちが予測しえるものではなかろう。殺人事件は、館山が優勝する前に起きたんだからな」

と、唸《うな》った。それでも、十津川に向かって、

「君は、七十二年前の事件と、今回の事件は、何か関連していると思っているのか？　そう思っている顔つきだが」

と言うので、十津川は、

「関係がある可能性もあるので、もう少し、昭和二十年三月九日の事件のほうも、調べてみます」

と、答えた。

3

十津川は亀井とともに、中根敬《なかねたかし》という国立大学の教授を訪ねた。

中根教授は、近現代史が専門で、特に太平洋戦争を研究。しばしば、戦争の裏面史を掘り起こして問題提起している、新進気鋭の学者である。

「警察の方が訪ねてくるとは、思いもしませんでしたね」

大学の研究室で十津川たちを迎えた中根教授は、開口一番、そう言った。

「どうしてですか？」

「簡単に言ってしまえば、あなたは体制を守る側。私は体制を批判する側だから」

と、そんなことを言う。

十津川は苦笑して、

「今日は、体制の話などではなく、太平洋戦争の話を伺いに来たのですよ」

と、用向きを述べた。

「警察がどうして、太平洋戦争の話なんかに興味を持たれているんです？」

「確信はないのですが、現在捜査している殺人事件が、昭和二十年三月頃の軍隊の動きとどこかで関係しているのではないかと、いろいろ調べているんです」

「お役に立てるかどうかはわかりませんが、どんな事件なのか、お話しくださいませんか」

「これから話すことは、今のところ真偽不明なので、しばらくは内密にしていただきたいのです」

と、断ってから、十津川は一連の事件と昭和二十年三月九日の話を、中根教授に聞いてもらうことにした。

「この日の夜、両国駅の貨物ホームから、貨車八両を引いたSL、C57が千葉県の館山に向かって発車しています。列車には、特攻兵器と、東京湾で米軍を迎え撃つ特攻要員五十名が乗っていました」

「それなら、『伏龍』だな。館山湾で特攻兵器『伏龍』の訓練をしていたことは有名ですからね。ただ、これまでの研究では、『伏龍』が特攻兵器として採用され、編制を命じられたのは、昭和二十年五月といわれていました。それが三月の時点で訓練を始めていたというのは、私も初めて聞きます」

中根教授は十津川の話に興味を持ったようで、身を乗り出してきた。

「その頃、深川の国民学校——現在の深川R小学校の前身です——の六年生四十五人が学童疎開に行きそびれ、学校も教師も、何とかしてこの児童たちを疎開させたいと、必死でした。そんな折、教師が、どこからか、貨物八両の館山行き列車があることを聞いて、それに四十五人の子どもたちを乗せようと、両国駅の貨物ホームにやってきたんです」

十津川は、その後の経緯とともに、両国駅のホームで教師が死んだという記録が深川R小学校には残されていないことを述べて、説明を終えた。

中根教授は、大きく肯いて、

「先ほども言いましたとおり、特攻隊員が何組も、訓練のために、館山へ向かったことは事実です。終戦まで毎日のように、若者たちが特攻訓練に明け暮れていたのです。しかし、両国駅で二人の教師が射ち殺されたという話は、まったく知りませんでした。太平洋戦史にも出ていないはずです。もし事実なら、一つの発見と言えます。お役に立てることがあったら、何でも言ってください」

と言い、今後の協力を約束してくれた。

以降、十津川と中根教授は頻繁に連絡を取り合っていたのだが、ある日、中根教授が弾んだ声で電話をかけてきた。

「十津川さん、いくつか大きな発見がありましたよ。まず、『伏龍』についてです。

調べを進めてみたら、昭和二十年三月九日に両国から館山に向けて走った、特別列車についての記録が出てきました。体裁からすると、終戦の後になって、書かれた文書のようです。『貨車走る、それに五十人の訓練生。ほとんど十九歳、中には十五歳の少年もいた。彼らとともに、潜水具が積み込まれていた。昼間はアメリカの艦載機の攻撃があるので、夜になってから出発。翌朝に館山に到着し、その日から訓練開始』とありました」

「ありましたか！　三月九日に出立する特別列車があったことは、やはり事実だったのですね」

「そうです。ちなみに、この文書では、機雷をつけた竹竿——機雷棒と呼ばれていたそうです——を持って、毎日ずっと海中に潜らねばならないことのつらさや、潜水具に不具合があれば間違いなく死んでしまうことへの恐怖の体験談が、たくさん綴《つづ》られています。非人道的としか、言いようがありませんね」

中根教授はひと息ついて、さらに続けた。

「そして、もう一つの重大なことは、この特別列車に乗っていた将校たちの名前が判明したことです」

「本当ですか！」

「はい。海軍中尉が一人と、海軍少尉が二人の、計三人とありました。将校の名は、桜内《さくらうち》中尉、山田《やまだ》少尉、倉田《くらた》少尉です。三人とも海軍兵学校卒で、終戦まで館山で『伏龍』の訓練を指揮していました。引き続き、軍歴や戦後の経歴など、詳しいことを調べてみます」

最初のつっけんどんな態度とは打って変わり、中根教授は猛烈に調査しているようだった。歴史の闇に葬られた事件を目の前に、探求心が燃え盛っているのだろう。

数日後、十津川のもとへ、中根教授から電話があった。

「中根先生、いかがでしょうか？」

「三人の将校のことが、だいぶ、わかってきましたよ」

「研究者の方たちの調査力には、頭が下がります」

「事件の真相に迫ることを、本職の警察の方から誉《ほ》めてもらえるのは、光栄ですよ」

と、中根教授は朗らかに笑ってから、本題に入った。

「この三人を調べてみましたら、もっとも血気盛んなのは、一番年若の少尉であった倉田ですね。彼は、終戦を館山で迎えたんですが、『自分たちの力が及ばず、お上《かみ》に申し訳ない』といった遺書を書き、自決を図っています。結局、死にきれずに戦後を生きたわけですが、私見では、両国駅で二人の教師を射殺したのは、この倉田だと思いますね。そのくらいのことをやりかねない青年だったようです」

「終戦後、三人はどのような人生を歩んだのですか？」

「桜内中尉は大学院まで進み、卒業した後に、大手の商社に入社しています。英語が堪能《たんのう》だったようですね。山田少尉は大蔵省に入ったようです。倉田少尉は、戦後に誕生した海上自衛隊の前身、海上警備隊に、幹部候補生として入隊しています。この時代には、旧日本軍の将校たちが、陸上自衛隊や海上自衛隊に次々と入っています。その典型が、倉田という人物です」

「倉田氏は、まだ存命なのですか」

「残念ながら、二年前に九十二歳で亡くなったそうですが、遺族の居所は摑むことができましたし、すでに接触しています」

「それはすごい。よく接触できましたね」

「倉田少尉の孫娘という女性がいるんですが、この女性が大学生で、伝手《つて》を辿っているうちに、私の教え子の男子学生と接点があることがわかったんです。名前は『倉田かずこ』。かずこは平仮名で、二十歳だそうです。倉田少尉の未亡人が存命なのですが、われわれが乗り出すよりも、まずは私の教え子のルートからかずこさんに協力してもらうほうがいいと判断しました。若者同士なら、本音で話し合えるでしょうから」

「昭和二十年三月九日の話は、出たのでしょうか？」

「かずこさんによると、倉田家では、その日に関する話が出たことはないようです。もう少し時間が経ったら、折を見て、おばあちゃん、つまり倉田少尉の未亡人にもきいてみると言うので、反応を待っているところです」

と、中根教授は言って、電話を切った。

4

館山で入院していた渡辺千里が、ようやく退院して、自宅に戻った。もちろん、恋人の宮田も一緒で、同時に北条早苗刑事も帰任した。

「渡辺千里さんの治療にあたった医師によりますと、彼女が飲まされたのは、やはりヒロポンと見て、間違いないとのことでした。私も知らなかったのですが、ヒロポンは今でも製造されているのですね。館山署は、その出所が、医療関係者などの他、戦前から昭和二十六年まで一般にも出回っていた分を、何らかの事情で持っている人間の可能性もあると見て、捜査を進めています」

北条刑事の報告を受けて、十津川は、

〈ヒロポンといえば、たしか一種の興奮剤だったはずだ。戦時中は、兵士に服用させて戦意を高めさせたともいわれる。ここに来て、また戦時中に関わるものが出てきたのか。やはり、昭和二十年三月九日の事件と繋がっているということなのか？〉

と、心の中で呟いた。

中根教授からの連絡があったのは、前回電話で話してからちょうど一週間後だった。

「収穫、ありましたよ」

挨拶もそこそこに上ずった口調で言い、

「もしよろしければ、私の研究室にお越しくださいませんか？　ちょっと込み入った話でもありますので」

とのことだったので、十津川は亀井を連れて、急いで中根教授のもとに向かった。

一時間後、十津川たちが到着すると、中根教授は淹《い》れたてのコーヒーを勧めてから話しはじめた。

「教え子がかずこさんから聞いたという話によると、倉田家の仏壇を調べてみたところ、島村悟と高木幸子の名前が入った位牌《いはい》が見つかったそうです。家族にしてみれば、まったく心当たりのない位牌だといいますが、倉田少尉は亡くなるまで毎日、仏壇を拝んでいたそうです」

これには、さすがの十津川も驚いた。

「それは、両国駅で射殺されたと思われる、二人の教師の名前ですよ」

「私も最初に聞いた時は、信じられない思いでした。何の関係もない人の位牌を、拝むわけがありません。初めの直感どおり、やはり倉田少尉が二人を射ち殺してしまったのではないかと思います。しかし、そこで疑問に思ったのは、怒りに駆られて撃ってしまったのに、なぜ位牌を拝み続けたのかということです。良心の呵責《かしやく》に、苦しんでいたということなのでしょうか？」

中根教授が言うと、十津川は、

「いや、もしかすると、実行犯は倉田少尉だったにしても、それは桜内中尉が命令したか、山田少尉がけしかけた結果だったかもしれませんよ」

と、答えた。

十津川の言葉に、中根教授は、

「なるほど。それは十分にありえます。桜内中尉は、倉田少尉にとって海軍兵学校の三期先輩なんです。軍の世界では、一期違いというだけで、大変な差になりますからね。仮に、桜内中尉が命令したとすれば、倉田少尉は逆らうことなど絶対にできなかったはずです」

と、言った。

「軍隊というのは、そういう組織ですか？」

十津川が尋ねると、

「ええ。特に海軍では、『上意下達』といって、上の者が出した命令に対して、命令されたほうが反抗するということはありえません。しかし、これには問題もあって、敗色が濃厚になった戦争末期には、ただただ盲目的に命令に従い、自殺的な攻撃ばかり、くり返すことになってしまいました」

と、中根教授は、旧日本軍の精神性を説明した。

十津川はちょっと考え込んでから、

「少しずつ、今回の事件のかたちが、見えてきたように思います」

と、呟くように言った。

「中根先生、これまでにわかったことを整理するための、独り言のような喋《しゃべ》り方になってしまいますが、聞いていただきたいと思います。

この事件では、一つのグループが、何らかの鍵を握ると思われます。全員が、ランの花をデザインした指輪をはめていると思われますが、彼らの目的やグループの意味は不明です。一方、昭和二十年三月九日の夜、両国駅の貨物ホームから、八両連結の貨物列車が千葉の館山に向かって、出発しようとしていました。そして、先日お話ししましたとおり、教師二人が射殺されるという悲劇が起きました。ランの指輪をはめたグループは、四十五人の児童、両国駅の貨物ホーム、そして殺された二人の教師と、どこかで繋がっていると、私は確信しています。

　そして先日、深夜、両国駅の３番ホームで、二人の人間の姿を見たという目撃談があったのですが、それは幻影なんかではなく、実際に殺人事件が起きたのだと、今は思っています」

　十津川は話し終わると、しばらく黙り込んだ。

　亀井も中根教授も同様だったが、中根教授は沈黙に耐えかねたか、口を開いた。

「興味深いお話ですが、学者の立場から言うと、立証するのが難しいように思います。七十二年前に射殺事件が起きたというのも、決定的な証拠がありませんからね」

「たしかに、仰るとおりです」

　十津川が率直に言うと、中根教授は顔を赤らめた。

「いやいや、これは失礼しました。一介の学者が、経験豊かな警察の方に意見するのは、おこがましいことですよ」

十津川としては別に気分を害したわけでもなく、中根教授の力をぜひとも借りたいと思ったので、

「三人の将校について、もっと詳しく調べていただくことはできないでしょうか?」

と、さらなる協力を依頼した。

中根教授は、ちょっと困った顔をして、

「学生の論文を見てやらなければならないので、なかなか時間が取れないのですが——」

と言いつつ、にっこり笑って、

「ここに来て、ドンパチの戦争よりも、戦時中の市井のこと——銃後というんですが——、そちらのほうに興味が移ってきたんですよ。当時の国民生活を知るきっかけになりますから、いいでしょう、ご協力しますよ」

と、十津川の申し出を快諾した。

「ありがとうございます。では、中根先生には、桜内中尉と山田少尉の戦後についてお調べいただきながら、引き続き倉田少尉の孫娘さんの話を聞いていただきたく思います。私は倉田少尉の海上警備隊、海上自衛隊時代について、官公庁のルートを使っ

て調べてみます」
十津川はそのように担当分けをして、中根教授も了承した。

5

昭和二十七年（一九五二年）、海上自衛隊の前身にあたる海上警備隊が発足した際、もっとも必要としたのは、旧日本海軍の将校たちだった。隊員を集めるのは、それほど難しくはない。だが、新入隊員を訓練し、一人前に育て上げ、指揮する人材を確保するとなると、簡単なことではないのである。中でも、実戦経験のある人材となると、昭和二十七年当時でもどんどん少なくなっていた。ほとんどの元将校が、民間企業に就職したりするなど、すでに生業《なりわい》を持っていたからだ。

そうした中で、海上警備隊に応募した倉田は、入隊してすぐに新入隊員の教育係に回された。旧海軍風に言えば、新兵の教育係である。

ところが、新入隊員の教育を始めるにあたり、海上警備隊も、旧日本陸軍の流れを汲《く》む保安隊も、すぐに大きな壁にぶつかった。それは、新入隊員の鍛え方であった。その方法をめぐり、激論となったのである。

一つの潮流は伝統ある旧帝国海軍、旧帝国陸軍のメソッドに則《のっと》って鍛え上げるべきというもので、もう一方はアメリカ式の民主的な方法で育て上げるべきというものだった。その議論は、じつはその後も長く続き、幕僚長の性格によって、日本式になったり、アメリカ式になったりしたのだという。

十津川が、海上自衛隊時代の倉田について調査するために横須賀《よこすか》の基地を訪問すると、過去の書類を管理している管理課の職員がにこやかに対応してくれた。

「記録によると、倉田さんという方は、自衛隊員の意識改革に力を尽くそうとしたらしいですね。『昔の海軍にもいいところがあった。その要素は海上自衛隊にも絶対に必要だ』という意識を強く持っていて、そうした発言録が数多く残っています。『武器は近代化されても、精神は昔の海軍魂を持つ必要がある。そうなれば、海上自衛隊は無敵だ』という信条を持っていたようです」

「倉田さんの発言を記録した書類や録音テープは、残っていますか？」

十津川がきくと、職員は、

「録音テープをご用意しておきました。倉田さんが教育課長時代に、職員に向けて行った講演の記録で、演題は『戦争と平和に対して、自衛隊はいかに対応すべきか』というものです。別室でお聞きになりますか？」

と言い、録音テープとレコーダーを手渡してくれた。

十津川は、別室に案内されて、テープに聞きいった。

やがて、倉田の声が聞こえてきた。

〈……現在の海上自衛隊では、上司からの命令に対して疑問があればそれを上申し、上司は部下が納得できるように説明しなければならないとされている。平和な時代なら、それでもよかろう。説明に費やす時間が、いくらでもあるからだ。しかし、戦闘状態になった時は、これではいけない。戦うことが不可能になるからだ。私は昭和十九年に海軍兵学校を卒業したが、すでに本土決戦が叫ばれていた。この時に私が強く意識したのは、戦場で第一に必要なのは、命令遵守《じゅんしゅ》であるということだった。時には、間違った命令が下されることもあるだろう。そうした場合、どうすればいいか？　現在のように、部下が疑問を口にして、上司が説明したとしよう。その部隊は、いったいどうなるだろう？　断言するが、その場合は、間違いなく全滅する。全滅するのだ。

では、どうすればいいのか？　私の経験から言えば、たとえ間違った命令であっても、迷わず実行するべきである。それも、可及的速やかに、だ。これが強い軍隊の基本である。諸君は、幸か不幸か、実戦の経験がない。したがって、戦争になった場合、どうするべきか、わからないだろう。そこで、一つだけ、絶対に守らなければならないことを教えておこう。それは、命令は疑いを持たずに実行することである。これさえ守れば、部隊は全滅せず、君たちも死なずに済む〉

以降も話は続いたが、おおむね、こういった類いの話に終始していた。

十津川は、意外な思いを抱いた。

この録音テープを聞くまでは、倉田は昭和二十年三月九日の夜に犯した罪を心から悔い、それゆえに自分が手にかけてしまった二人の教師の位牌を、毎日拝んでいたと、想像していた。しかし、この肉声からは、そんな悔恨の念は、まるで感じられないのである。〈自分の考えは間違っていたらしい〉と、十津川は思わざるをえなかった。

横須賀基地から警視庁に戻ると、中根教授から連絡があった旨の、伝言メッセージが残されていた。メモによると、こちらでも、桜内中尉と山田少尉の戦後の消息が摑めたという。

さっそく電話をかけてみると、中根教授は「調べてみるものですね、いろいろわかりましたよ」と言って、続けた。

「桜内中尉は、大学院を卒業し、L商事で働いた後、五十歳の時に独立。桜商事《さくらしょうじ》を立ち上げて、成功しています。桜商事は今もあり、都内の一等地に本社を構え、二千人の社員を抱えています。桜内自身はすでに亡くなり、息子の桜内明《あきら》が現在の社長を務めています。

山田少尉は戦後、大蔵省に入り、局長にまでなった後、経済コンサルタントに転身。さらに、地元である茨城県《いばらきけん》H市で市会議員になり、最終的には市議会議長を務めて、五年前に亡くなりました」

「昭和二十年三月九日の件について、家族や周りの人々に話していた形跡はあったのですか？」

「いいえ、二人とも沈黙したまま、亡くなったようです。その件とはまた別ですが、興味深いのは、この二人は晩年に、経済関連の会報誌で対談をやっているんですよ」

「ほう、どんな内容だったのですか？」

「表題は『自分を育てた教育』。司会はNテレビのアナウンサーでした」

「二人が話すとすれば、当然、海軍兵学校の教育のことですよね？」

「そうです。司会者としては、軍国主義下で、正しいことも教えられたが、間違っていることも教えられた、という会話を予想していたんでしょうが、二人の話していることは、一から十まで、海兵教育の礼賛なんです。『自分たちを育ててくれたのは海軍兵学校時代の教育と生活であり、陸軍士官学校や海軍兵学校を戦争教育の悪《あ》しき象徴だと批判するのは、間違っている。あれは立派な人間教育だった。平和な世の中の今でも、立派な教育として通用するはずだ』と、こんな調子なんですよ」

「じつは、倉田少尉も、まったく同じだったようなんです」

十津川は、横須賀基地に残されている録音テープのことを説明したうえで、苦々しい口調で言った。

「あの録音テープを聞く限り、倉田は亡くなるまで、昭和二十年三月九日の行動を間違っていたとは考えていなかったようです。位牌の件は、何らかの自己満足にすぎなかったのでしょう。桜内と山田は海兵教育を褒めたたえていたといいますが、私からみれば、三月九日の惨劇もその海兵教育とやらの結果だと思いますがね」

「十津川さん、将校だった人間が、戦前に自分たちが施された教育を礼賛し続けるというのは、海軍でも陸軍でも、共通していることなんですよ。陸軍の場合、陸軍幼年学校すなわち陸幼、陸軍士官学校すなわち陸士、陸軍大学校すなわち陸大があるわけですが、ほとんどの卒業生が戦後になっても、『人格形成に役立った』『今日、自分があるのは、あの教育のおかげだった』と、手放しに礼賛していました。それほどまでにこだわっていたのは、あの教育が間違っていたならば、今ある自分たちの人格も間違っていたことになる、という理屈になってしまうからだと思いますが」

「なるほど。ただ、はっきりとわかってきたのは、昭和二十年三月九日の事件を追うことは、ますます難しくなってきた、ということですね。彼らの理屈で言えば、二人の教師を射ち殺したのは、『伏龍』の特攻要員と武器を館山に送り届けるという絶対の命令を遂行するのに障害となった人間を排除するためであって、反省する理由など、これっぽっちもないということになるでしょうから」

と、十津川はうめくように言った。

しばらく間を置いてから、中根教授が尋ねた。

「十津川さんは、指輪のグループは何を意図していると思いますか？」

「目的は、おそらく脅迫です」

十津川は語気を強め、続けて言った。

「両国駅3番ホームの件は、昭和二十年三月九日の夜に教師が殺されたことを、自分たちは知っているぞ、というメッセージだと思います」

「脅迫ですか。なるほど。考えられなくもないですね」

「誰にもわかるようなものではないところが、犯人の賢いところだと思います。それならば、脅迫の力が弱くなってしまいますからね。脅す相手にだけわかる曖昧な仕方にしたほうが、より効果的だということを、計算し尽くしているのでしょう」

と、十津川は、言った。

第四章　過去への旅

1

十津川は、昭和二十年三月九日に起きた教師射殺事件を知る者たちが、脅迫を目的に動いているのではないかと、睨んでいた。

そこで、まずは、中根教授に協力を仰いで、射殺事件に関わったと思われる三人の旧海軍将校、すなわち桜内中尉、山田少尉、倉田少尉の遺族と連絡をとってもらった。遺族が事件について、何か聞いていないかどうかを確かめようとしたのである。

しかし、一様に、知らない、聞いたことがないという返事で、手がかりは摑めなかった。

次に接触を図ったのは、事件発生当時、特別列車に乗っていた特攻要員たちである。その数、五十人。十九歳だった者がもっとも多く、一人だけ十五歳の少年もいた。しかし、その十五歳の少年もすでに亡くなっており、終戦から七十年以上も経ているという時の流れを痛感させられることとなった。

それでも苦心の末に、やっと存命の元隊員を数人見つけ出したが、いずれも「連日の猛訓練で疲れ切って朦朧《もうろう》としていたし、貨車の扉も閉まっていたので、そんな事件があったことなど、まったく気づかなかった」と言うばかりだった。

そうなると、頼りにできるかもしれないと見込めるのは、東京大空襲のわずか数時間前に、両国駅発の特別列車に強引に乗せられるかたちで、館山への疎開を果たした児童たちだけである。深川R小学校の六年生、四十五人。そのうち、男子が三十人、女子が十五人であったという。当時、彼らの年齢は十一歳もしくは十二歳だったから、現在は八十三歳か八十四歳のはずである。

今の豊かな時代と違って、戦後の苦しい生活を生き抜くことは、難しかったのだろう。特攻要員たちと同じく、彼らの多くもすでに亡く、あるいは行方がわからなくなっていたりしていたが、江東区役所の粘り強い調査のおかげもあって、ようやく八名の生存を確認できた。そして、捜査本部に足を運んでもらうように要請すると、一週間ほど後に、全員の都合がつく日が見つかった。

十津川と亀井は、老人たちが射殺事件について知らなかった場合、心理的な衝撃を与えたくないと考え、用件は昭和二十年三月九日に彼らの恩師二人が射殺された事件についてだということを、事前には知らせなかった。〈七十年以上も前のことだが、館山への学童疎開途中で起きたらしい事件について調べているので、ぜひ捜査本部にお越しいただきたい〉という、曖昧な説明に止めることにしたのである。幸い、老人たちから、おかしな話だと、疑問の声が寄せられることはなかった。

八人の内訳は、男性が五人、女性が三人。十津川は自分の手帳に、縦書きで二段にして、彼らの名前を記した。上段が男性、下段が女性で、姓名はR小学校から提供された卒業名簿をもとにしている。

青田宏《あおたひろし》
石原勇人《いしはらはやと》
川上大助《かわかみだいすけ》
小池雄大《こいけたけひろ》
柴田英明《しばたひであき》

井上優子《いのうえゆうこ》
岸本里子《きしもとさとこ》
佐々木《ささき》ふみえ

このうちの井上優子は小池雄大と結婚して、現在は小池優子となっていた。

彼らは、あの夜、館山に到着すると、駅近くの覚王寺《かくのうじ》に迎え入れられ、終戦まで、正確に言うと終戦後一ヵ月まで、同寺に寄宿していた。十津川は、事件の本筋と関わりはないが、まずは彼らの気持ちを解《ほぐ》そうと、

「そのお寺に疎開している間の生活は、どんなふうだったのですか？」

と、きいてみた。

それに答えたのは、石原勇人だった。

「周りは田んぼばかりだったからお米が食べられると思ったのだけど、館山も食糧難でそういうわけにはいかなくて、サツマイモやカボチャばかりを食べていましたよ。みんな、お腹《なか》を空かしていましたね」

皆がうんうんと肯く中で、小池雄大が持ってきていた昭和二十年四月の新聞を、十津川に見せてくれた。当時の日本には紙がなく、新聞は夕刊が廃止され、朝刊も一枚だけのペラペラの新聞になっていた。その一枚だけの新聞でさえも、中身は戦争の記事で埋まっていた。黄ばんだ新聞を見ると、米軍が沖縄《おきなわ》に侵攻してきた、航空特攻の〝英雄〟が米軍の艦船に向かって突っ込んでいったという記事が、大半である。

その中で、裏面の小さな欄に、問題の四十五人の疎開児童に関する記事が載ってい

た。

〈帝都から来た最後の疎開児童も元気一杯〉

〈館山市内の寺で元気に体操をしている児童たち〉

とあって、小さいながら写真も掲載されていた。

たしかに、寺の境内《けいだい》で、半裸で体操をしている写真なのだが、全員が痛々しいほどに痩せ細っている。

ひとしきり、当時の苦労話を振り返ってもらったうえで、十津川はいよいよ本題に入った。

「皆さんは、昭和二十年三月九日の夜、両国駅を発った特別列車に乗って、館山へ向かったんですよね？　その時、皆さんを両国駅に連れて行ったのは島村先生と高木先生で、お二人とも二十代だった。そうですね？」

そうですよ、と二、三人が同時に肯き、佐々木ふみえが続けて言った。

「突然言われたんですよ、私たち。島村先生と高木先生が、これから両国駅に行く、そこから臨時列車が千葉県に向かって出るから、とにかくそれに乗りましょうって言い出したんです。それで両国駅に連れられて行ったら、八両編成の貨物列車が停まっていて、先生がたが、これで間違いない、早く乗りなさいって。でも、その列車には海軍の将校さんがいて、乗ってはいけないと怒鳴《どな》られました」

「その将校は三人でしたか？」

十津川がきくと、岸本里子が脇から口を挟んだ。

「ええ、三人だったと記憶しています。あれ、軍用列車だったんですよ。でも、先生がたが『とにかく乗りなさい、これに乗らないと、東京はもう危ないから』と言うので、前方の貨車に乗り込もうとしたら、そこには兵隊さんがぎっしり詰まっていたんです。それではと後方の貨車に皆で飛び込んだら、そこには何か爆弾みたいなものから潜水服みたいなものまで、よくわからないものがたくさんありました。そして、車両いっぱいに私たちが入りきったタイミングで、先生がガラガラと扉を閉めたんです。あんなに必死な表情の先生を見たのは、初めてでした」

将校たちに妨害されながらも、何とか子どもたちを貨車に乗せてしまおうと死力を尽くしたのだろう。十津川にはその時の情景が、まざまざと目に浮かぶように感じられた。

「その後、先生たちとはお会いになりましたか？」

十津川はその直後に何が起きたのかを知っていたが、念のためにきいた。

「いえ、先生たちは東京に残られて、数時間後の東京大空襲で戦災死されたんです。

あの時に、私たちと一緒に館山へ行っていれば、助かったのに」

　岸本里子は目を潤ませて、答えた。

〈やはり、この人たちには、そのように伝わっていたのか。どうやら、海軍将校に殺されたことは、知らないようだな〉

　十津川と亀井は、目配せしながら肯き合った。

　亀井が質問を続けた。

「先生がたが貨車の扉を閉めたところに、話を戻しましょう。その後、ホームで何が起きたのか、憶《おぼ》えていらっしゃいますか？」

　亀井がきくと、間を置いて、柴田英明が答えた。

「銃声が聞こえました」

「何を撃ったのか、見えましたか？」

「わかりません。貨車の扉が閉まっていて、何も見えませんでしたから」

「銃声は何発でしたか？」

　青田宏は「二、三発だったかな」と答えたが、佐々木ふみえは五、六発と言った。

そのあたりの記憶の異同は致し方ないが、とにかく銃声が聞こえたことだけは事実らしい。

それぞれが自分の記憶を探って喋ったところで、小池雄大がこんなことを漏らした。

「今、思い出したんですが、そういえば、工藤《くどう》が——われわれの同級生の一人で、工藤太一郎《たいちろう》といいます——後になって、扉の隙間から、将校さんが拳銃で何かを撃っているのを見た、と言っていました。私たちは、自分たちのことで精一杯で、取り合わなかったんですが、刑事さんたちがこんなに昔のことをお調べになっているということは、あれは本当だったんですね？　あの時のことが問題になっているんでしょう？　そうなんでしょう？」

そう問われて十津川は、昭和二十年三月九日の夜のことが問題になっていることを、これ以上隠してもしょうがないと考えて、

「じつは、そのことを調べているんです」

と、明かした。ただ、彼らの恩師が射殺されたということだけは、まだ伏せたままにしておいた。

「ぜひ工藤さんという方のお話を伺いたいのですが、お元気でいらっしゃるのでしょうか？」

亀井が尋ねると、

「二年前に亡くなったんじゃないかしら？　ねえ？」

同級生たちの顔を見回しながらそう答えたのは、小池雄大と結婚した井上優子である。

その言葉を引き取って、青田宏が、

「たしか、そうだよ。工藤の家は深川で、昔からパン屋をやっていたんですよ。美味《うま》いパンでしたよ。だけど、工藤のお父さんは家業のパン屋を継がずに学校の先生をしていましてね、昭和二十年当時は、私たち深川R小学校の校長先生だったんです」

と、思いがけないことを言い出した。

「では、工藤さんは深川R小学校の生徒で、そのお父さんが校長でもあったと？」

十津川が念を押して確認すると、岸本里子が、

「間違いありませんよ。ただ、あの校長先生は軍国主義一辺倒で、やたらに怒鳴っていましたね。戦後になってから、それが問題になって、教職を追われたんじゃなかったかしら」

と言い、全員が、そうだったな、と大きく肯いた。

「今でも、工藤さんの家は、パン屋をやっているのですか？」

亀井がきくと、老人たちはああでもない、こうでもないと確認し合ってから、代表

して川上大助が言った。

「二年前、工藤が亡くなったのを機に店を閉じました。家族の人たちはその際に、引っ越したといいます。工藤の奥さんが山形《やまがた》生まれなので、そちらへ移ったみたいですね。われわれの中では、小池が最後まで親しくしていましたが――」

その言葉を受けて、小池雄大が言った。

「工藤とは、あいつが亡くなるまで、年賀状をやり取りしていたんですよ。その中に、奥さんの実家が山形県で古い旅館をやっていると書いてあったように思います。奥さんは直子《なおこ》さんといいます。旅館の屋号も書いてあったはずだけど、何だったかなあ」

「その年賀状、まだお持ちですか？」

「家に帰って探せば、まだあると思いますよ」

「もし見つかったら、その年賀状に書いてあったという旅館の屋号を、ぜひ教えてください」

十津川が言うと、小池夫妻は「いいですよ」と快諾してくれた。

翌日、さっそく小池夫妻から、件《くだん》の年賀状が見つかり、旅館の屋号もわかったという連絡が入った。調べてみると、旅館は今も営業しているという。十津川と亀井はすぐに、新幹線で山形に向かった。

2

山形新幹線の赤湯《あかゆ》駅。目指す旅館は、そこで下りて十五分ほど歩いたところにある、ひなびた温泉宿だった。

十津川たちはそこに一泊することにして、旅館の仲居に工藤太一郎の妻、直子のことをきいてみた。すると、夕食の前に、その工藤直子が、緊張した面持ちで、十津川たちの部屋にやってきた。聞けば、郷里に帰ってから、この旅館の大女将《おおおかみ》をしている姪《めい》のもとで、静かに余生を送っているのだという。

ひとしきり挨拶を済ませてから、十津川が言った。

「先日、深川R小学校の卒業生で、最後に学童疎開した方々からお話を伺ったんです。そうしましたら、工藤太一郎さんのことが話題に出まして。工藤太一郎さんは、深川R小学校の校長先生の、息子さんだったそうですね」

「そうなんですよ。でも、義父は軍国主義万歳《ばんざい》の権化みたいな校長だったようで、戦後、教職追放になったんですけどね」

工藤直子は微笑して答えた。

「存じております。それで、今回こちらにお伺いしたのは、昭和二十年当時、工藤太一郎さんが目撃されたという出来事についてなんです」

十津川が言うと、工藤直子は怪訝《けげん》そうな表情を浮かべた。

「奥さんが亡くなったご主人から聞いたことがあれば、なのですが——」

そう言いながら、亀井は小池雄大から聞いた話を工藤直子に伝えた。昭和二十年三月九日夜の出来事を、工藤太一郎が「貨車の扉の隙間から見た」と語っていたという、あの話である。

工藤直子は聞き終わると、意外な人物の名前を挙げた。

「あら、その話に関してでしたら、最近もお一人、ここにいらした方がいますよ。中根さんという方です」

十津川も亀井も驚いて、

「中根さん？　どちらの方ですか？」

ときくと、

「国立大学の教授の方で、たしか……中根敬さんです」

十津川がこの頃協力を仰いでいる、中根教授だったのである。そのことを工藤直子に告げると、彼女は警戒心が解けたのか、少し和らいだ様子で語りはじめた。

「その話は、主人から聞いていました。ただ、他人には話してはいけない、と言われていたので、迂闊に喋ってはいけないと気をつけていました。でも、中根さんは大学の研究で、後世に残すための記録だからと仰っていましたので、お話しすることにしたんです。十津川さんと亀井さんも、警察の方ですよね。それならば、主人に叱られずに済むでしょう。

――なんでも、その日の夜、若い二人の先生に連れられて、急に両国駅へ行くことになったそうなんです。駅には貨物列車が停まっていて、先生がたが主人たちを貨車に乗せたといいます。ところが、それは軍用列車で、海軍の将校さんが『乗ってはいかん、降ろせ』と、怒鳴っているのが聞こえてきたそうです。貨車の扉は閉まっていたのですが、一番扉に近いところにいた主人は、怒鳴り声を聞いて扉の隙間からホームのほうを見たら、若い将校の一人が、いきなり拳銃を撃ったと。それで、少し離れたところに倒れている先生がたの姿があったと、主人はそういうふうに言っていました」

「では、工藤太一郎さんは、あの日の夜、二人の先生が拳銃で撃たれるのを見たと、そう言っていたんですね？」

「そうです」

「奥さんは、そのことをいつ頃聞いたのですか?」

「結婚して少し経ってからですから、五十年以上も前ですよ。でも、亡くなる少し前ぐらいから、『じつは、あの話はデタラメなんだ。だから、忘れてくれ』と言い出したんですよ。初めに聞いた時も、『他人には絶対に話してはいけない』と固く言われていましたから、忘れてくれと言われれば、私には何の異存もないので、それきりにしていたんです」

「奥さんは、デタラメだというご主人の言葉を、信じたのですか？」

「ええ。だって、本当だったとしても、あまりいい話ではありませんもの。日本人が日本人を撃っただなんて」

「ご主人は、校長先生だったお父さんには、そのことを話したんでしょうか？」

十津川がきくと、工藤直子は肩をすくめて言った。

「たぶん、話さなかったと思います。だって、義父は筋金入りの軍国主義者でしたから。それは、戦争が終わって何年経っても、ぜんぜん変わりませんでした。そんな義父に、日本の軍人が民間人を撃ったなんて言おうものなら、『そんなことあるか！』って、主人に摑みかかったに決まっていますもの」

工藤直子からだいたいの話を聞き終えると、十津川と亀井は夕食をとることにした。

「工藤太一郎の父親は、深川R小学校の卒業生たちが言うとおり、激しい気性の持主だったらしいですね」

亀井が言うと、十津川は顔をしかめながら、

「戦争が終わってもなお軍国主義を礼賛していたのは、倉田少尉たちとまったく同じだな。脳裏に刷り込まれた主義主張というのは、それだけ強烈なものがあるんだろうな」

と、ため息混じりに答えた。

夕食の後、十津川は中根教授に電話をしてみた。すると、中根教授は電話の向こうで笑い声を立てて、

「十津川さんも、山形の工藤直子さんに行き着きましたか。先日伺った、昭和二十年三月九日の夜に起きたという事件が気になりましてね、私もいろいろと調べてみましたら、疎開した児童の一人だったという工藤太一郎さんのことがわかって、そこから直子さんのことを知ったんです。十津川さんには直子さんから聞いたお話をまとめた

うえでご連絡しようと思っていたのですが、直接お聞きになったというなら、もう大丈夫ですね」

と、言った。

前回、中根教授に昭和二十年三月九日の事件について話した時には、「学者の立場から言うと、立証するのが難しい」と語っていたものだが、十津川が改めてきいてみると、中根教授は、

「目撃証言が工藤太一郎さんだけで、しかも二年前に亡くなっているのですから、立証が難しいことに変わりはありません。でも、直子さんが聞いたという話は本当なのでしょう。私も信じますよ」

と、今度は力強く答えた。

中根教授が「明日の夕方、時間があったら、会って話したいことがある」と言うので、十津川は快諾して、いつも使っている新宿《しんじゅく》の天ぷら屋を指定した。亀井には、別に調べてもらいたいことがあったので、新宿には一人で向かうことにした。

翌日、山形から帰京し、新宿の天ぷら屋で合流すると、中根教授はポケットから二葉の写真を取り出して、十津川に見せた。

「桜内中尉と山田少尉、倉田少尉の、戦時中の写真が手に入ったんですよ」

「これはまた、貴重な写真ですね」

十津川は感嘆の声をあげながら、写真に見入った。二葉とも、若い将校を写したものだった。一葉には一人だけ、もう一葉には二人が並んで写っている。中根教授が語りはじめた。

「写真に一人だけで写っているのは、桜内中尉です。そして、もう一枚のほうが、山田少尉と倉田少尉です。この三人の終戦間近の動向を調べてみたら、どうにも気になることが出てきたんです」

「気になること?」

「ええ。三人はもともと特攻兵器『伏龍』の訓練指揮官だったわけですが、昭和二十年の四月以降に、揃《そろ》いも揃って海軍軍令部一課の作戦班に異動しているんです」

「この三人は、館山湾の特攻基地で終戦を迎えたというように聞いていましたが、そうではなかったんですか?」

「ええ。ただ、特攻隊の訓練をしていた人物が突然、軍令部に呼ばれて、作戦班に配されるなんて事例は、滅多《めった》にないんですよ。軍令部に配置されるのは、将校の中でも極めて優秀な人材でした。この三人が優秀だったと言えばそれまでなのですが、そうならば、なぜそんな優秀な人材が特攻隊の訓練指揮官に回されていたのか、という疑問が残ります。もっとも、彼らが特攻兵器の専任だから、急遽《きゅうきょ》、中央に呼ばれたという可能性もないではありません。昭和二十年の春以降、作戦班にできたであろう仕事は、もはやほとんど残されていなかったんです。戦艦大和《せんかんやまと》が撃沈されてしまい、連合艦隊は壊滅状態でしたから。考えうることは本土決戦だけで、そのための特攻作戦をどうやって遂行するかということしか課題はなかったはずで、それゆえに『伏龍』の訓練指揮官が呼ばれたとも推測できます。しかし、それならば『桜花《おうか》』だったり『震洋』だったりの、他の訓練指揮官も必要だったことになるのに、他の特攻兵器の専任は、軍令部に呼ばれていません。理屈に合わないんです」

「理屈に合わないとすれば、中根先生はどのようにお考えですか？」

「昭和二十年三月九日の事件を十津川さんから伺って、私は当初、立証が難しいと懐疑的に捉えていましたが、やはりそれは真実で、そのために三人を異動させた、というのが正しいと思います。例の事件が軍の内部でも問題になったために、噂が外に流れるのを防ごうと、三人を形式上、軍令部付にして事を収めようとしたと見るべきでしょう。実際には、左遷だったわけです」

二人はしばらくの間、黙ったまま、箸を進めた。

中根教授の裏付け調査のおかげで、昭和二十年三月九日の夜に何が起きたのか、確信を得ることができた。

だが、問題は次の段階にある。

平成の世の現代に起きた一連の事件は、七十年以上も前の闇に葬られた事件を知っている者が、脅迫目的でやってのけたのであろう。それが、十津川の見立てであった。深夜の両国駅3番ホーム上で宮田典が見たという人影も、犯行グループによる〝演出〟だったという見方である。

ところが——その狙いは？　誰が、何のために？　今の段階ではすべて、皆目、見当がつかないのだ。

十津川が、沈黙を破って語りはじめた。

「一連の事件には複数名からなる犯行グループが関わっていて、彼らは昭和二十年三月九日に起きた事件を脅迫材料にしている。それは、間違いないと思います。

では、彼らの標的は何なのか？　考えられることの一つは、桜内中尉が戦後、桜商事という会社を立ち上げ、その息子が現社長を務めていることから、その会社を強請《ゆす》ろうとしていること。もう一つは、昭和二十年の事件に関わった三人の将校をはじめとして、戦後になっても軍国主義を礼賛する人が多数いたことから、そうした人間たちを復讐心《ふくしゅうしん》から脅しているということも考えられます。

そして、あえて挙げれば、ＪＲをターゲットにしているということでしょうか。事件のあった両国駅には、長い歴史があります。明治三十七年、西暦で言うと一九〇四年に私鉄の総武鉄道、両国橋駅として開業したのが始まりで、百年以上も続いている駅ですが、軍人が民間人を殺したなどという記録はいっさいありません。当時の軍部が闇に葬ったためでしょう。そうした真実を語ろうとしないＪＲや両国駅に対して反発し、脅迫しているグループがいるということも、考えられますね」

「なるほど。では、十津川さんが想定されている犯人グループとは、どういった性格の連中でしょうか？」

「正直に言って、実態はまだ摑めていません。ただ、その脅迫ぶりは執拗《しつよう》を極めていて、強い恨みを抱いているように感じられます。非常に危険な連中であることは確かですね」

そう語り終わると、まるで見計らったように、十津川の携帯電話が鳴った。捜査本部にいる、亀井からの連絡だった。

そして、それは予想だにしない、衝撃的な内容だった。

3

「警部、緊急事態です。宮田君がトラックにひき逃げされて、意識不明の重体とのことです」

「なに!?」

十津川は絶句して、しばし呆然となった。亀井も動転しているのか、いつになく早口である。

「事故に遭ったのは今から一時間ほど前、場所は両国駅の近くの道路だそうです。付近の救急病院に搬送されて、今、手術を受けているところです。ただ、意識がなく、極めて厳しい状況にあるといいます」

「宮田君は、千葉県の津田沼に住んでいるはずだろう。勤務先は千駄ケ谷だったな。それがどうして、両国で交通事故に遭ったんだ？」

「理由はわかりませんが、会社からの帰りに、両国駅で降りたと思われます。彼のことですから、また両国駅に行って、何かを調べようとしていたのかもしれません。偶然の交通事故なのか、それとも一連の事件と関わりがあるのか、慎重に捜査する必要がありますね」

「そうだな。好奇心の強い彼のことだ、事件に関心を持って、独自に調べようとしていたというのが正しいところだろうね。あれほど、この事件に関わってはいけないと言っていたんだが……。事故当時の状況はわかっているのか？」

「宮田君は両国駅から少し離れた裏道で、駅の写真を撮っていたようです。その最中に、かなりのスピードで突っ込んできたトラックにひかれたそうです。トラックはそのまま逃げ去ってしまい、現在緊急配備を敷いて捜査中です」

「彼は、両国駅の何を撮影していたんだ？」

「今、調べているところです。科捜研に画像データを調べてもらうように手配しました」

「わかった。では、私もこれから病院に向かう。そこで落ち合おう」

十津川は電話を切ると、中根教授に詫《わ》びを入れて、天ぷら屋を飛び出した。両国のS病院に着くと、手術は終わっていたが、執刀医に宮田の意識が戻らないままであること、今晩が山であることを告げられた。

午後九時頃、十津川は、宮田の恋人の渡辺千里に電話をかけた。万が一のことを考えたくはなかったが、宮田の容態が思わしくなく、死に目に会えない恐れもあったからだ。

千里は自宅マンションのある千葉から、病院に駆けつけた。つい先日、館山で誘拐されたうえに、ヒロポンを飲まされて意識不明となる事件に遭っていたため、千葉県警の警官がボディーガードとして付き添っていた。昏睡状態にある恋人と対面して大粒の涙を流したものの、千里は気丈にも十津川の質問に応じた。

「千里さん、もうお加減はよろしいのですか？」

「ええ、おかげさまで。退院して、今は自宅で療養しています。犯人がまた私を狙わないとも限らないということで、警察の方にマンションを警備してもらっていて、とても心強いです」

「そうですか。それで、こんな時に恐縮ですが、いくつか伺わせていただきたいのです。よろしいでしょうか？」

「構いません。何でもお聞きになってください」

「ありがとうございます。今日、宮田君は両国駅の周辺で撮影している最中に、事故に遭ったようなのですが、最近、千里さんに何か言っていませんでしたか？」

「この頃、彼は『やっぱり事件の根は両国駅の3番ホームにあるんだ』と言っていました。私と会っている時も、彼が両国駅で見たことや事件に関することばかり、話していましたから。私が館山でひどい目に遭ったせいか、絶対に犯人を逃さないんだと。よっぽど、事件のことが気になっていたようです。それで、会社の帰りに両国駅で降りたんだと思います。両国駅全体の写真を撮ってから、3番ホームの写真を撮るつもりだと、そんなことも話していました」

「なるほど。他に、何か気になったことはありませんでしたか？」

「そうですね……」

と、千里はちょっと口ごもってから、言った。

「事件に関係するのかどうかはわかりませんが、『鉄道雑誌に持って行くかな』と言って、どういう雑誌があるのかを熱心に調べていました」

「どの雑誌に目星をつけたのか、聞きましたか？」

「いいえ、これ以上のことは知りません」

十津川は、千里が他に何か言いたげであるようにも感じたが、ここで訊問《じんもん》めいたことをするのは得策ではないと考えなおして、亀井に、

「明日、鉄道雑誌を全部、調べてみてくれ。宮田君が接触していた雑誌を見つけて、何を話したのか、きいてみよう」

と、言った。

翌朝、千里の願いも空しく、宮田は意識を取り戻さないまま、息を引き取ってしまった。

〈奇跡は起きなかったか……〉

自宅で悲報を聞いた十津川は、しばらくの間、瞑目《めいもく》して、宮田の冥福を祈った。

警視庁に登庁すると、トラックが現場から数キロメートル離れた、人気《ひとけ》のない路上で発見されたことを知らされた。しかし、そのトラックは事故の数時間前に、現場近くの工務店から盗難されたもので、犯人特定のための手がかりになるものは見つかっていないという。

亀井からは、科捜研が宮田の持っていたデジタルカメラの画像データを取り出し、いつでも見られるようにしてくれてあるとの報告を受けた。そこで、会議室で、モニターを使って写真を見てみることにした。

そのほとんどが、両国駅の写真である。中には、3番ホームのものも数多くあった。総武線の1・2番ホームから望んだもの、そして両国駅の北側の路地から3番ホームのほうを写したものもあった。どうやら、両国駅をあらゆる方向から撮影しようとしていたらしい。

「何か気づいたことがあるか？」

と、十津川がきくと、亀井は首を傾げながら言った。

「両国駅の駅舎やホームを、いろんな角度から撮ってみたというふうにしか見えませんが。ここに、何か重要なものが写っているんでしょうか？」

これだけではよくわからないため、十津川と亀井は津田沼にある宮田の自宅マンションを調べることにした。宮田が両国駅に関する、何らかの資料を持っていた可能性もあると、考えたからである。

千葉県警と、悲しみに暮れる千里から承諾を得た十津川たちは、さっそく津田沼に向かった。その出発の直前、十津川は「科捜研の捜査員も連れて行こう」と言った。宮田の死に事件性があると確定したわけではなかったが、念には念を入れて、帯同したほうがいいと判断したのだ。

4

1LDKの部屋である。

千里に会うために、都内から急いで引っ越したというだけあって、調度品はほとんど置いていなかった。その代わりのように、自分が撮ったのであろう千里の大きな写真が、壁に飾ってあった。

「男の一人暮らしというわりには、それほど散らかっていませんね」

亀井が言うと、十津川も、

「事件に首を突っ込んだり、隠し事をしたりと、破天荒なイメージもあったけれど、几帳面《きちょうめん》なところもあったんだな」

と、主なき部屋を眺めながら、ため息をついた。

その時だった。

「警部、これを見てください」

と、科捜研の捜査員が部屋の隅から声をあげた。

十津川たちが近寄ると、捜査員がコンセントの蓋を開けていた。

「盗聴器が仕掛けられています。念のため調べてみたら、ほら、こんなふうに――」

と言って、マイクの部分を摘まみ上げた。

急遽、部屋全体を探索してみたところ、盗聴器がもう一つ、見つかった。

科捜研チームのヘッドは、

「明らかに、プロの仕業です。交通事故で亡くなったと聞きましたが、どうやら根が深い事件のようですね。われわれにできることがありましたら、いつでも呼んでください」

と言って、先に東京へ戻って行った。

十津川と亀井は、宮田のマンションを出て、津田沼駅近くの喫茶店に立ち寄った。コーヒーを飲みながら、これまでにわかったことを整理することにしたのである。

ひと息ついてから、亀井が言った。

「宮田君は、何者かによって、ひき殺された可能性が高いですね。単なる事故ではないと見て、間違いないでしょう」

十津川も肯いて、

「犯人、あるいは犯人グループは、盗聴器を使って、彼の動向を探っていたにちがいない。問題は、なぜ殺す必要があると考えるに至ったか、だ。彼の会話だったり、行動だったりの中で、犯人たちを脅かすような何かがあったのだろう。それは、いったい何だったのか、そこを突き止めなければならないな」

「犯人たちが宮田君を狙ったのは、いつからなのでしょうか？」

「宮田君というよりも、最初に狙われたのは千里さんのほうだ。犯人たちが危害を加える姿勢を明確に見せたのは、両国から館山への臨時特急が走った時だ。あの時、すでに千里さんをマークしていて、館山に降り立ったところで隙を見て千里さんを襲い、問題の指輪を持ち去った」

「指輪といえば、宮田君に複製を頼まれた宝石店の店員、白石豊が、やはり殺されています」

「そうだな。宮田君をひき殺したのは、白石豊を殺したのと同じ犯人たちによるものと見て、いいだろう。目的のためには手段を選ばず、殺人もやってのけるという犯人の凶悪さは、白石豊殺害事件の時から変わりないな。宮田君は、よくよく運の悪い人間だったと思う。そもそも、深夜電車に乗っていて、両国駅の3番ホームで不可解な出来事を目にしてしまったのはまったくの偶然。恋人の千里さんと両国駅3番ホームに忍び込もうとして、千里さんが謎の指輪を拾ってしまったのも偶然だ。その偶然が積み重なったうえに、その指輪を複製したり、事件の真相に迫ろうとしたりして、知らず知らずのうちに犯人たちに近づきすぎてしまい、結局は命を落としてしまった。一つだけでも偶然が抜け落ちていたら、こんなことにはならないで、千里さんと結婚して、幸せになっていたかもしれないんだ」

「言われてみれば、本当にそのとおりですね。両国駅の3番ホームで見かけたことに興味を持たなければ、すべてなかった話ですからね。千里さんが襲われた時点で、彼にもっと強く危険があることを言って、完全に手を引かせるべきでした」

亀井が無念そうな表情で言って、続けた。

「警部、ところで、白石豊はなぜ殺されたと思いますか？　あの事件では、まず宮田君が問題の指輪の複製を依頼し、次に白石豊が自分の分まで複製した、ということまでわかっていますが」

「おそらくだが、白石豊は、問題の指輪と同じものをどこかで以前に見たことがあったか、あるいはその指輪をはめている人間を見たことがあったか、どちらかだと思う。白石豊が宮田君に話すか、警察に話すかしていれば、殺されることはなかっただろう。ところが、彼は宮田君に無断で指輪の複製を造ってしまった」

「それを使って、白石豊は――」

「そう。誰かを脅したんだと思う。そして、返り討ちにあった。私はそう考えている」

「警部、そうであるならば、宮田君も白石豊と同じことを思いついた、ということはありえませんか？」

「というと？」

「大胆すぎる考えかもしれませんが、宮田君も何らかの手段で指輪の秘密を知り、持ち主に接触していた、あるいは脅迫しようとした、ということです」

「なるほど。宮田君の突拍子もない性格を考えると、その線も、ないとは言い切れないな。じつは、マンションを出た時から、宮田君と犯人たちはどういう関わりがあったのだろうかと考えていた中で、どうしても気になることがあったんだ。それが、もしも君の想像するとおり、宮田君が犯人たちに接触していたとすれば、説明がつくように思う」

「警部が気になったというのは、どういうことですか？」

「なぜこのタイミングで殺したのかということと、どうして荒っぽい殺し方をしたのかということだよ。

まず殺し方についてだが、犯人たちはこれまでのところ、白石豊を刺し殺して放火したり、千里さんを館山で誘拐して薬物を盛ったりと、やり口が凶暴のようでいて、じつは計画的にやってのけていたように感じられるんだ。ところが、昨日に限っては、現場近くでトラックを盗んで、人目につく恐れもあるのに宮田君をはねている。荒っぽくて、衝動的とも言える。なぜ、綿密な計画を立てて殺さなかったのか、そこが気になっていたんだよ。

次に、タイミングの問題だが、これは殺し方が私の想像するとおり計画的ではないものだったとすれば――」

「犯人たちは何らかの事情で、急に宮田君を殺さねばならなくなった。だから、このタイミングだった。そういうわけですね？」

「そのとおりだ。昨晩、病院で千里さんに会った時、最近の宮田君の様子から、気になったことはなかったかときいたら、彼女はちょっと口ごもっていたんだ。もしかしたら、彼女は宮田君と犯人たちの関係について、何か知っているのかもしれない」

「千里さんには、もう一度、会う必要がありますね。まだ両国の病院にいる可能性もありますから、連絡をとって、どこかで会うようにしますか？」

「いや、さすがに今日は止めておこう。恋人が亡くなって半日しか経っていない中で、問い詰めるようなことをしても、口を閉ざすだけだろう。それに、女性同士のほうが話しやすいということも考えれば、北条君を連れて行ったほうがいいように思う」

「なるほど。それもそうですね」

十津川と亀井は、コーヒーを飲み終えると、席を立って津田沼駅に向かった。

5

警視庁の捜査本部に戻ると、日下《くさか》刑事が駆け寄ってきて、

「宮田さんが接触していたという、鉄道雑誌が判明しました」

と、言った。

それは、『鉄道日本』という雑誌だった。日下によると、この雑誌の真田《さなだ》という編集長は一週間前に宮田から電話をもらい、その日のうちに会ったのだという。

さっそく、十津川と亀井は神保町《じんぼうちょう》にある編集部に向かい、真田と面会した。

「宮田さんが交通事故で亡くなられたというニュースを、テレビで見ました。お気の毒でしたね」

真田は、宮田が事故死したと思っており、殺された可能性があるとは考えていないようだった。十津川と亀井にしても、捜査に関わることはわざわざ言う必要がないので、「宮田さんの最後の足取りについて、形式的な確認をしている」と、適当に話を作ることにした。真田はそれで納得したらしく、一週間前に宮田と会った時の様子を語りはじめた。

「一週間前に、編集部に電話がかかってきたんですよ。両国駅の3番ホームの件で相談したいことがある、と言うんです。それで私が対応させていただくことになって、近くの喫茶店で一時間くらい話をしました」

「相談というのは、どんなことだったんですか？」

亀井にメモを取ってもらいながら、十津川が真田と話した。

「簡単に言うと、鉄道専門誌発の旅行企画を立てられないか、ということです。宮田さんは、両国駅の3番ホームに関する資料を、たくさん持ってきていました。ご自分で撮影したという写真をはじめ、戦前の古い写真、昭和二十年代から四十年代の房総方面の玄関口として機能していた時代の写真や時刻表のコピーなど、いろいろと用意されていましたね。それで、『JRに協力してもらって、この幻のホームを使った特別列車を走らせれば、きっと雑誌の宣伝になる』『鉄道ファンはこういうリバイバル企画が好きだから、必ず人気を呼んで、満員になるにちがいない』と、熱心に語っていました」

「素人からそういう企画を持ち込まれても、編集部としては困るのではないですか？」

「いや、うちとしては、思いつきでもいいので、そういう申し出は大歓迎なんですよ。鉄道ファンは熱い人が多いですからね、珍しい車両がどこそこで走るとか、電気機関車の三重連がいついつに走るとか、口コミ情報を持ち込んでくるケースはたくさんありますし、こちらとしても助かるんです。その中で、旅行会社に鉄道ネタを活《い》かした企画を立ててもらってはどうか、こういう企画は成り立つだろうかという相談を受けることもあって、実際に実現したものもあります。宮田さんも、うちの雑誌のそういう評判を聞いて、相談にいらしたみたいでしたよ。特に、うちは来年が創刊五十周年ですから、人目を引く記念企画が必要なんですよ」

「なるほど。宮田さんは、他にも何か言っていましたか？」

「両国と千葉県の館山を往復する、臨時特急はどうだろうかと言っていましたね。ご存じかと思いますが、この区間の臨時特急は、先日、館山という力士が新入幕で優勝したのを記念するということで、相撲協会の特別イベント列車として走りました。あの時は一往復の一回限りで当選した人たちしか乗車できませんでしたから、今度は『鉄道日本』主催の企画で、週末を中心に何本か走らせてみてはどうか、ということでした。それならば、創刊五十周年企画として、たしかに成算があります。それで、さっそく、この宮田さんのアイディアでＪＲと交渉を始めた矢先に、交通事故で亡くなられたと聞いて、びっくりしていたところでした」

「そういうご事情だったんですか」

十津川はそう言いながら、内心で〈宮田典は、やはり両国駅3番ホームにこだわっていたんだな。本当の目的は、３番ホームに堂々と乗り込むことだったにちがいない〉と思った。

「警部さん、宮田さんは亡くなってしまいましたが、うちの編集部でＪＲと交渉を続けても、大丈夫でしょうか？」

真田がきくので、十津川が「特に問題はないでしょう」と答えたところ、五日後のＹ新聞に、

〈ＪＲ東日本が発表　鉄道専門誌の老舗《しにせ》『鉄道日本』創刊五十周年記念　両国駅〝幻の３番ホーム〟から房総に向かう臨時特急の運行決定〉

と、デカデカと載ったのだった。

十津川が捜査本部でその記事を読んでいると、中根教授から電話がかかってきた。

「十津川さん、Ｙ新聞をご覧になりましたか？　あれは、どういう人物の企画なんですか」

「ちょうど今、見ているところでした。これは、亡くなった宮田君が『鉄道日本』に持ち込んでいた企画なんですよ」

「やはり、そうですか」

「中根さん、何か気になることがありますか？」

「いえ……。警察としては、宮田さんのことを、これから調べるわけですよね？」

「もちろん、そうなると思います」

「では後日、お会いしたいものです。すみません、来客なので、このあたりで。また、こちらからご連絡します」

中根教授はそう言うと、ガチャリと電話を切ってしまった。十津川は〈いつもと違って、妙なことを言うものだな〉と首を傾げながら、とりあえず中根教授からの連絡を待つことにした。


その日の午後、十津川は、北条早苗刑事とともに、渡辺千里と面会することになっていた。向かった先は、彼女の住む千葉市内の自宅マンションである。

千里は、いまだに恋人の死のショックから立ち直っていないらしく、見るからに憔《しょう》悴《すい》していた。あまり刺激したくはないと思いながらも、十津川は徐々に最近の宮田典の様子について話を進めていき、会話は女性の北条刑事からさせるようにした。

「千里さんが館山で誘拐された時、宮田さんが必死に行方を捜していたことが思い出されます。私もそばにいましたから、どれだけ千里さんの身を案じていたか、よくわかりました」

北条刑事が言うと、千里は「そうでしたか」と涙ぐみながら答えた。

「館山の病院に入院している間も、宮田さんはお見舞いをされていましたよね」

「ええ。一週間くらい入院している間、週末には来てくれましたし、仕事で来られない平日の二、三日は電話をくれました」

「声を聞くだけでも、励まされるものですよね。結果的に、千里さんが無事だったからよかったにしても、宮田さんの犯人への怒りは相当なものだったでしょうね」

「ええ。いつだったか、犯人を殺してやるなんて言うこともあったくらいですから」

「恋人が危害を加えられたのですから無理もないことでしょうけれど、ずっとそんな調子だったんですか？」

北条刑事が調子を合わせて応えると、千里は少し迷ったような様子を見せてから、意を決したように話しはじめた。

「じつは――それが変だったんです」

「変って？」

「ある時を境に、急に、犯人に対する憎しみの言葉も、両国駅のことも、言わなくなったんです」

「それって、いつ頃のことでしたか？」

「退院するちょっと前ですから、今から一ヵ月ほど前のことでしょうか。犯人のことだけではなく、それまでは両国駅３番ホームのことについて、それこそ取りつかれたように話していたのに、プッツリと話さなくなったんです。その代わりに、夢みたいなことばかり言い出したんです」

「夢みたいなことって、何だったのですか？」

「私が退院したら、豪華客船で世界一周しようよとか、超高層マンションを買って富《ふ》士山《じさん》や海を眺めて暮らしたら、どんなに楽しいだろうなあとか、わけのわからない話ばっかりになってきたんです」

「千里さんを慰めようとして、夢みたいな話をしたんじゃないですか？」

「私も、最初はそう思ったんです。でも、持ってきたノートパソコンで、世界一周の豪華客船を調べてスケジュールや旅行費用を教えてくれたり、超高層マンションの地図だったり販売価格だったりを熱心に検索したりするところを見ると、励ましや冗談でやっているようにはとても感じられませんでした」

「傍《はた》から見ると、庶民がいきなりリッチになったみたいですね。宮田さんは、どんなふうに説明していたのですか？」

「それが、とてもありえないような説明だったんですよ。『お金はどうするの？　宝くじでも当たったの？』と冗談めかしてきいたら、彼はぜんぜん動じないで『よくわかったね、そうなんだよ』と言って、笑っていたんです」

「千里さんは、それを信じたんですか？」

北条刑事がそうきくと、渡辺千里は初めて笑みを浮かべて、「まさか」と答えた。

「どうしてですか？」

「あの人、何年も前に私と知り合った時から、くじ運が悪いって嘆いているような人だったんです。僕はとにかく引きが弱いんだって。だから、宝くじのような類いには、絶対に手を出していませんでした。そんな彼が、私にはこう言っていたんです。『くじ運は悪いけれど、神様は最高のプレゼントをしてくれたんだ。千里とめぐり会えたことが、僕にとっての何ものにも代えがたい一等賞なんだ』って」

そう言うと、千里はワッと泣き崩れた。

千里の肩を抱いて慰める北条刑事の姿を見ながら、十津川は心のうちで確信を持った。千里が明かさなかったのは、ある時から急に、宮田には大金を得る見込みが立っていたということだった。そして、おそらくそれは、犯人グループによる宮田の買収資金だったのだろう。そのことを、勘のいい千里は薄々察していたために、宮田の不名誉となることを、警察に話せなかったにちがいない。しかし、どういうわけか買収話は破綻し、その結果、宮田は殺される破目になったのだ。

犯人たちは、なぜ宮田を買収しようとしたのか？　なぜ買収をやめて、あるいは失敗して、宮田の殺害を決行したのか？　それが判明すれば、解決に向けて一気に動き出すにちがいない。

十津川は、夕陽《ゆうひ》を浴びながら、次に為《な》すべきことを考え抜いた。

第五章　あるグループ

1

宮田典が何者かによって殺害されてから、三週間が経った。

といっても、「殺された」ことを知っているのは、捜査関係者と宮田の恋人の渡辺千里、そして犯人グループだけのはずだった。十津川が、三上本部長に相談したうえで、報道機関への発表内容を意図的に抑えたからである。宮田が両国の路上でトラックにひき逃げされ、亡くなったことは公表したものの、それ以外のこと——トラックが盗難車であったことや、明らかに宮田を狙った犯行だったこと、そして宮田が一連の奇怪な事件に首を突っ込んでいたこと——はすべて伏せ、「鋭意捜査中」とするに止めたのだ。

十津川は渡辺千里の証言から、宮田がひそかに犯人グループと接触し、大金をせしめようとしたために殺された、という確信を持った。しかし、犯人たちが、いったんは宮田を買収しようとしたのに、なぜ殺害決行に転じたのか、それがどうしてもわからなかった。

考えあぐねている十津川のもとに、北条早苗刑事がやってきて、こう言った。

「警部、千里さんを宮田さんのマンションに、連れて行ってみてはどうでしょうか？」

「津田沼にあるマンションだな。盗聴器が仕掛けられていたこともあって、現場保存のために、宮田君が住んでいた時のまま残っているはずだ。しかし、なぜ千里さんを連れて行くんだ？　あの部屋については、私と亀井、それに科捜研の捜査員たちで、あらかた調べ尽くしたんだぞ」

「それについて、疑問があるわけではありません。でも、恋人にしかわからないものが、あの部屋にはあるのではないかと、思えてならないんです。恋人の部屋に関しては、男より女のほうが、目ざとく観察しているものですから」

たしかに、盗聴器の件に気を取られて、そこに思い至らなかったのは迂闊だったな

――十津川は肯いて、

「君の言うとおりだな。では、さっそく千里さんに連絡をとってくれたまえ」

と、言った。


「千里さんは、この部屋に、何回か来たことがあったのですか？」

北条刑事がきくと、渡辺千里は感慨深げな表情で、

「はい、何度か。こうやって、彼の残したものに囲まれていると、彼が亡くなったなんて信じられませんね」

と、呟いた。

1LDKのこの部屋には、今は亡き恋人の生活の匂いが、そこかしこに残っているのである。しかし、おそらくは近いうちに解約され、宮田典が生きていた痕は永遠に消えてしまう。そのことは、口には出さなくても誰もがわかっているだけに、

〈さぞかし切ないだろうな〉

と、十津川は渡辺千里の深い悲しみに同情しつつも、意を決して、

「では、この部屋を隅々までご覧ください。宮田君が元気な時と比べて、変わっていることがあったら、何でも仰ってください」

と、告げた。

渡辺千里は肯いて、あちこちを調べはじめた。そのあとを、北条刑事と亀井刑事、そして彼女の警護係である千葉県警の女性刑事がついて歩く。

引き出しを開けたり、服がかかったラックを入念に見たり、ユニットバスに入ったりしたが、なかなか、何かに気づいたような声が出てこない。

一時間近く経って、さすがに何も出てこないかと思った矢先、渡辺千里は少し考え込んだような表情を浮かべながら、後ろにいた北条刑事のほうを振り向いて、

「どんなことでもいいんですか？」

と、きいた。

「もちろんです。何か気づきましたか？」

「ええ」

そう返しながら、渡辺千里は自信なげに、

「記憶違いではないと思うのですが……。なくなっているものがあります」

と、答えた。

十津川がどんなものかときくと、渡辺千里は雑誌だという。

宮田は亡くなる一週間前に、鉄道ファンが愛読する『鉄道日本』という雑誌の編集部を訪ね、以前に相撲協会の特別イベントで企画された臨時特急を、今度は『鉄道日

本』主催の創刊五十周年記念企画として、週末を中心に何本か走らせてはどうかと提案していた。両国駅3番ホームを発着し、館山との間を往復する列車のことである。十津川はそのことをすでに把握していたので、てっきりその誌名が出てくると思った。だが、渡辺千里の答えはまったく意外なものだった。

「趣味の雑誌ですけど……『メダカ通信』です」

「メダカ？」

十津川は拍子《ひょうし》抜けした。鉄道ならともかく、メダカとはいったいどういうことなのか？

北条刑事も困惑して、亀井に小さな声で、

「メダカって、小さい魚の？」

ときくが、亀井も亀井で首を捻《ひね》って、

「たぶん。魚じゃないメダカって、あるのか？　俺は知らんよ」

と、ひそひそ声で返す。

「しかし、宮田さんはメダカを飼っていた様子もありませんし……」

北条刑事がなおも声をひそめて言うと、渡辺千里が微笑《ほほえ》んで答えた。

「メダカの話は、刑事さんたちが知らなくても無理はないですよ。メダカを飼うのが、彼の学生時代からの夢だったんです。将来、庭のある大きな家に住んだら、池を造って、そこに水草を植えたり、滝を作ったりして、メダカを飼いたいって、言っていました。かわいい夢でしょう？　それで、『メダカ通信』という、ごくごく限られたマニア向けの月刊誌を定期購読していたんです。でも、見たところ、その雑誌が見当たりません。十冊以上溜《た》まっていたはずで、全部処分してしまったなんてことは、ありえないと思うのですが」

十津川が北条刑事に命じて調べさせると、たしかに『メダカ通信』なる、通信販売限定の雑誌が存在していた。出版元は「日本メダカ通信社」であるという。

渡辺千里によると、他に気になった点は特にないというので、十津川は千葉県警の女性刑事に頼んで彼女を自宅に戻してもらい、亀井刑事と北条刑事を連れて、日本メダカ通信社を訪ねることにした。

日本メダカ通信社の編集部は、都内の新宿三丁目《しんじゅくさんちょうめ》、八階建ての雑居ビルの一室にあった。編集長は温厚そうな人物で、十津川が捜査協力を求めると、にこやかに快諾した。

調べてもらうと、宮田は二年前から定期購読をしていたことがわかった。どんな内容の雑誌かと言えば、メダカ好きのための専門誌というべきもので、どのページをめくってもメダカ愛に溢れた記事ばかりだ。十津川はまったく知らなかったが、最近は日本古来のメダカが少なくなっており、飼育用に出回っているのは中国《ちゅうごく》や韓国《かんこく》あたりから輸入された種なのだという。そんな時事ニュースが載っていたり、初めて水槽でメダカを飼ったという読者の、写真付き体験談があったりする。雑誌の性質からして、間違っても、殺人事件に関係しそうな記事は載っていない。

二年分のバックナンバーを一ページごとに調べながら、当たりがつきそうにないとあきらめかけたところ、北条刑事が、

「あっ」

と声をあげた。

「これじゃないですか？」

そう言って、北条刑事が十津川と亀井に示したのは、最新号に載っていた写真である。水槽にメダカを入れて、それを覗き込むように見ている写真だ。両手で水槽の縁を押さえつけるようにして上から覗き込んでいるという構図で、その人間の顔は写っていない。

問題は、顔ではない。「手」である。水槽の縁に当てている手、その左手の薬指に、あのランの紋様をあしらった指輪がはまっているのだ。

十津川はポケットから、銀座の宝石店で造らせた、例の指輪の複製を取り出して、雑誌の写真と比べてみた。

〈間違いない〉

十津川は確信した。そして編集長に、

「この写真ですが、投稿欄を見ると、読者の名前がなくて『No.52』とだけあります。この人の素性はわかりますか？」

と尋ねた。

編集長は誌面をしげしげと見てから、

「ああ、この人は定期購読者で、投稿の常連ですね。氏名と住所ならわかると思いますよ」

と言うので、十津川は、

「ぜひお願いします。捜査のために、どうしても知りたいことなので」

と、珍しく興奮した様子で、甲高《かんだか》い声をあげた。

一時間後、十津川たちの姿は、三鷹《みたか》駅前にあった。

2

『メダカ通信』の定期購読者名簿によると、№52なる投稿者は、三鷹市内に住む杉山《すぎやま》好市郎《こういちろう》という人物だという。そこで、十津川は捜査本部の三上本部長に連絡を入れ、杉山の戸籍などを上げてもらうよう依頼しつつ、四人の若手刑事を応援に派遣してもらって、三鷹駅で合流したのである。

無論、杉山好市郎が宮田の殺害犯であるかどうかは、現時点ではわからない。しかし、十津川は、少なくとも重要参考人である可能性が極めて高いという確信を持っていた。

平日の昼下がりである。三鷹駅周辺は、買い物する主婦が行き交い、年配の人々がのんびりと歩いている、のどかな雰囲気だ。

杉山の自宅は、三鷹駅から車で七、八分のところにあるマンションの八〇五号室であった。そのマンションが建っているはずの住所に近づくと、そこは何台もの消防車がけたたましいサイレン音を鳴らしながら、急行している真《ま》っ只中《ただなか》だった。

（間に合わなかったか）

瞬時に状況を察した十津川は、唇を噛《か》んだ。

マンションは、真っ赤な炎と黒煙に包まれていたのである。炎が噴き出しているのは最上階の八階。杉山の部屋であることは、消防士にきくまでもなかった。

居住者と近所の住人、さらには野次馬が炎上しているマンションを遠巻きに眺めている中で、亀井がマンションの管理人を見つけて、十津川のもとに連れてきた。

彼は朝の七時から夕方六時までの勤務だが、幸いにして、杉山のことはよく知っているという。

「杉山さんは、おいくつくらいの人なんですか？」

十津川が北条刑事を促して杉山のことを尋ねさせると、管理人は心配そうに火元を見上げながら答えた。

「三十代かな。背がスラッと高くて、自信に溢れた顔つきのイケメンだよ」

「いつ頃から、このマンションに？」

「もう三年ほど。何ヵ月か前にも、契約を更新したと言っていたし」

「独りで住んでいるんですか？」

「うん。ときどき、同い年くらいの青年や、若い女性が訪ねてくることはあるがね。

——今日は普通にお勤めだろうから、留守にしていると思うんだけど。まさか、あの中にいるわけはないよなあ」

「サラリーマンなんですか？」

「うん。たぶん、だけど。平日は毎朝、ほとんど同じ時間に出かけていくからね。今日はたまたま、姿を見かけなかったけど」

「よくお話をされたりする間柄だったんですか？」

「ときどきだけどね。とても親しくしてもらっていると思うよ。休日になると、部屋に招いてくれて、コーヒーをご馳走《ちそう》してくれたこともあるしね」

「それはまた、ずいぶん親切な方なんですね。どんな話をされたんですか？　趣味の話とか？」

「うーん、いろいろと話したけど……。そういえば、杉山さんはでかい図体《ずうたい》のわりに、趣味がメダカの飼育だっていうので、意外に思ってさ。水槽で飼っているんだよ。子どもの時から、ずっとメダカが好きなんだって」

杉山がメダカ好きであるというのは、本当のようだ。

「それから、ゴルフかな。土日になると、ほとんど毎週のように、近くのゴルフ練習場に行っているね」

「他に、何か気がついたことがありましたか？」

「そうだね……。おたく、警察の人でしょ？　こんなこと話してもいいのかな」

「事件かもしれないので、何でも聞いておきたいんですよ。ご迷惑はおかけしませんから」

「それじゃあ、いいでしょう。杉山さんはサラリーマンだと思うんだけど、なぜかやたらに大きなことを言ったりしていてね。それも、ちょっと物騒なことを言うものだから、一癖ある人物なのかなと思っていたんだ」

「たとえば、どんなことですか？」

「こんなことを言っていたな。『自分の友人に、個人で私立探偵をやっている者がいる。その友人の話だと、顧客からの依頼を受けて対象人物の行動をレポートにまとめても、儲《もう》けは十万、二十万にしかならない。でも、それで知った秘密をネタに対象人物を脅せば、何百万円にも化ける。世の中、やり方さえ変えれば、カネになるんだぞうだ』と」

「管理人さんは、それを聞いて、どう思いました？　何だか、杉山さん自身が、そういう仕事を実際にやっているようにも聞こえますけど」

「友達の話だと言っていたからね。私はそう思っていたんだけど、その友達とやらが間違ったことをしているというよりも、羨ましいと思っているようだったね。客を裏切って、カネにするようなやり方なんて気持ちいいものじゃないから、私もいい顔はしなかったんだが、そんな雰囲気を感じ取ったのか、杉山さんはその話はそれきりにして、違う話題になったよ」

「ちなみに、杉山さんは、大きな指輪をしていませんでしたか？　花の紋様をあしらった、黒い石のついた男物の指輪なんですが」

「指輪？　それは気づかなかったなあ。たしかに、指輪をしていても違和感はない、優男だけどね」

火災はいっこうに収まる気配がなかった。炎は八階全体に広がっていったようで、消防車がさらに二台、三台と駆けつけて、放水を始める。

この中に杉山好市郎がいるのかどうか、一刻も早く知りたいところだが、今のところは為す術《すべ》がない。十津川は亀井を促して、管理人が言っていた近くのゴルフ練習場に足を運んでみることにした。

ゴルフ練習場はすぐに見つかった。一階建ての施設で、平日の午後にもかかわらず、客の入りはまずまずである。責任者にきいてみると、杉山好市郎はたしかにこの練習場の常連で、週に一回は通っているということだった。

責任者の言う人相、風体は、マンションの管理人が言うそれと同じで、杉山であることに間違いはなさそうだ。問題のランの紋様をあしらった指輪には、責任者も気づかなかったという。

そこまでは想定したとおりだったのだが、十津川と亀井が俄然色めきたったのは、責任者がこんな話をしはじめたからだった。

「杉山さんとの会話ですか？　普段は挨拶するくらいで、無駄話をするような人じゃないんですが、二週間くらい前でしたか、ちょっとだけ話したんですよ。急に強い雨が降ってきて視界が悪くなるほどだったため、ロビーのソファに座っていらして、何となく話すような雰囲気になったんです。でも、爽やかそうな見た目と違って、けっこう危なっかしいことを仰るので、びっくりして」

「と言いますと？」

「杉山さんはサラリーマンだと思い込んでいたので、『お勤め先はどちらなのですか？』ときいたのですが、杉山さんはニヤッと笑って『勤め人は、忙しいわりにカネにならないから、辞めたんですよ』と言ったんです。その言い方が、何だかカタギの人間らしくない、投げやりな物言いだったんで、まずそこで驚きました」

「今はどんな仕事をしていると言っていたんですか？」

「私もそれをきいたんですよ。そうしたら、それには答えずに、逆に『今、どんなことが一番カネになるか、知っていますか？』とき返すんです。もちろん、わかりません。そう答えたら、薄笑いを浮かべて『金持ちの秘密、それが一番。たいていの人間は秘密を持っているが、貧乏人の秘密を知ってもまったくカネになりません。だから、政治家とか会社社長とか、そういう人間の秘密を探ればいい』なんて言うんです。しかし、そんなことをしていたら、警察に通報されて捕まってしまうでしょう。世の中、そんなにうまくいくわけがないって反論したら、『もちろん、そういうリスクはありますよ。だからこそ、小さな秘密ではダメなんです。小さな秘密だと、秘密を抱えている人間も小物で、警察に駆け込んでしまう。そうではなくて大きな秘密ならば、相手は大物で、世間に知られるのを嫌って通報しないし、カネにもなる』、そう言うんです」

十津川と亀井は、目配せしながら深く肯いた。ゴルフ練習場の責任者の証言は、管理人の話とぴったり一致する。杉山には、暗い影が付きまとうようだ。

「杉山さんは、他に何か言っていましたか？」

「その話を聞いてから、私がわざと茶化《ちゃか》すようにして『なかなか怖いことを考えていらっしゃる』と言ったら、それまでは自分に酔ったように語っていたのに、急に笑い声を立てて、『いや、冗談、冗談。サラリーマンを辞めたというのも嘘ですよ。そうなったら面白いだろうなって、テレビドラマを見ていて思ったんですよ』と早口で言うなり、その日は帰ってしまいました。そういえば、あれ以来、ここには来ていませんね」

「何だか、慌てて帰ってしまったようにも感じますね」

「私も、きな臭さが消えない印象を持ったんですよ。冗談、冗談と言っても、ひどく言い訳がましく聞こえましたし。警部さん、あの人はやっぱり、何かの犯罪に手を染めていたんですか？」

さすがにそれには答えられないので、うまく誤魔化しつつ、十津川と亀井は礼を言って辞去した。

火災が起きたマンションに向けて歩きながら、亀井が言った。

「警部。杉山好市郎は空想の脅迫ごっこに興じていたのではなく、実際に誰かを脅していたと見て、間違いないのではないでしょうか」

「私もそう思う。宮田典殺害事件と、これまでに起きた一連の事件の、重要参考人の一人と見ていいだろう。もっと踏み込んで言えば、主犯格なのかもしれない。あの火事で死んだのか、自分の部屋に火をつけて行方をくらましたのか、早く知りたいところだ」

と、十津川は厳しい表情で言った。

3

火災発生から二時間半後、八階の三部屋と七階の一部を焼いて、ようやく鎮火した。

火元の杉山好市郎の部屋を含めて、死傷者はゼロ。つまり、杉山はこの火事で死んではいなかったのだが、マンションの管理会社に届け出されていた彼の携帯電話の番号にかけても、いっこうに繋がらなかった。また、焼け跡から、問題のランの指輪は見つからなかった。

杉山好市郎は、自室に放火して行方をくらました――。十津川をはじめとした捜査班はそのように見立て、杉山を一連の事件の重要参考人として位置づけることにした。

言うまでもなく、このことは宮田典殺害事件と同様に極秘情報とし、当分の間、公表しないことを決定した。火災の模様は、その日の夕刻にテレビで報道されたが、死傷者が出なかったためか大きな話題にはならなかった。また、新聞には全国紙の多摩版にベタ記事として数行、載ったくらいであった。

捜査線上に急浮上してきた杉山好市郎とは、いったいどんな人物なのか？

杉山好市郎、三十九歳。宮城県仙台市《みやぎけんせんだいし》生まれ。結婚歴が一度、現在は独身。二十代で結婚するも、一年で離婚している。

仙台市内の大学を卒業後、上京。ゲーム機メーカーに就職し、管理部門に所属。だが、同社は近年業績が悪化しており、杉山は数年前に依願退職。周辺情報によると、杉山は退職する前から、会社には黙って私立探偵のような副業もやっていたらしい。

北条刑事と日下刑事に命じて、杉山が勤めていたゲーム機メーカーの元同僚を探し出したところ、そのうちの何人かが協力を快諾した。

十津川と面会した佐藤《さとう》という元同僚は、こう語った。

「杉山は、仕事に熱心ではなかったですね。ときどき、飲みに行く機会はあったんですよ。普通なら、飲みの席でも仕事に関する話になりますよね。僕らの場合なら、だいたいの社員はゲームが好きでこの会社に入ったのだから、そういう話になりますよ。でも、彼とは一度もゲームの話題になったことがありませんでした。その代わりに、彼の趣味だというメダカの話ばかりしていました。なんでも、自宅のベランダに水槽を置いて、何匹も飼っているんだそうで、自分の趣味の話になると、熱心に話し出すんです。でも、ゲームだったり他のことだったり、彼にとってあまり興味がないような話題になると、あからさまに無関心になるから、話が続かないんですよ」

『メダカ通信』に投稿していたという杉山の素顔が、ここでも垣間見《かいまみ》えてきた。

「メダカ以外のことには、何も興味がなかったんですか？」

「いえ、それが退職するちょっと前から急に態度が変わったので、内心驚いていたんです。ときどき上司が連れて行ってくれる、西麻布《にしあざぶ》のおしゃれなバーがあるんですが、その界隈《かいわい》には芸能人や実業家の人も来るらしいんです。で、その店で近くのバーの店主とか、バーテンダーが居合わせて、誰それが来たなんて話になると、あいつは目の色を変えて熱心に聞き出して、時には手帳にメモしたりするんですよ。まるで、ドラマに出て来る週刊誌の記者みたいに」

「店の人から咎《とが》められたりしなかったんですか？」

「あまりにあからさまで苦言を呈されたこともありましたけど、『○○ちゃんの大ファンなんで』とか言って、誤魔化していましたよ」

「あなたはそれを信じた？」

「いいえ。だって、あいつ、日頃は芸能人や有名人のことについて、まったく話したことがないんですから。どうも、ゴシップ集めに熱心だったような印象がありますね。インターネットに妙な書き込みでもして、事件になっているんですか?」

佐藤と杉山の付き合いは、それ以上なかったそうである。

十津川が次に面会したのは、杉山の同期だったという阿久津《あくつ》という人物である。阿久津はつい最近、杉山とたまたま出会ったのだという。

「杉山さんと会ったのがいつだったか、覚えていますか?」

「十日ほど前です。御茶ノ水駅近くでぼんやり歩いていたら、停まっている派手なスポーツ・カーの運転席から、僕の名前を呼ぶ声が聞こえてきたんです。よくよく見たら、杉山でした」

「どんなスポーツ・カーだったんですか?」

「ツーシーターのオープン・カーで、白のベンツでした。杉山と会うのは、数年前に彼が退職して以来だったのですが、風貌がすっかり変わっていたことに驚きました。以前と違って垢《あか》ぬけて、颯爽《さっそう》としてましたね。あれじゃあ、昔の彼を知っている人はパッと見ても気がつかないんじゃないかなあ。まるで別人でしたから」

「その時に、何か話しましたか?」

「少しの間だけベンツに乗せてもらって、『すごいな、これ』と言ったら、ちょっと得意げに『気持ちを変えてみたんだ』と答えました。でも、どんなふうに気持ちを変えてみたのか、意味がわからなかったので訊き返したら、今度は『自分で考えろ』って。じつは以前にも、生き方をめぐって彼とぶつかったことがあったんですよ。彼は退職金の手続きに来た時、僕に『こんな会社にいてもうだつが上がらない、お前も早く辞めたほうがいい』と気色ばんだような物言いをして、ちょっと言い合いになったんです。僕はそこまでがめつい考えは持ち合わせていませんので。それで、その時のことを指して、『生き方を変えれば、いいクルマを乗り回せる身分になれる』と言いたかったんじゃないかと想像しましたね。でも、まあ、僕はそれほど羨ましいとは感じませんでしたが」

「それはまた、どうしてですか？」

「いかにも成り上がりのような感じがしたからですかね。最近まで一介のサラリーマンだった男が、いきなりベンツのオープン・カーを乗り回しても、どうにも似合わないというか」

「なるほど。他に何か気づいたことはありましたか？」

阿久津はしばらくの間、考え込んでから、

「指輪ですかね」

と言った。

十津川は心の内で、〈やはり〉と肯いた。

「指輪と言いますと？」

「少し大きめの指輪で、花の紋様と数字が入った黒い石がついている、あまり見かけないデザインのものです。ベンツを運転している手を見て、ああ、まだあの指輪をしているんだと思いました」

十津川は、逸《はや》る気持ちを抑えながらきいた。

「その指輪を、以前にも見たことがあったのですか？」

「ええ。それが、奇妙なこともありまして。あの指輪は、杉山が退職するちょっと前から見かけるようになったんです。変わった紋様が彫られていたので、僕が『フリーメイソンみたいだな』と冗談めかして言ったら、彼は笑って『そうなんだ、秘密結社を作ったんだよ』と答えていました。で、おかしな話というのはそれだけではなくて、その指輪をはめて以来、杉山の言動がガラリと変わったように感じられたんです」

「その頃から、人柄が変わったと？」

「ええ。以前は典型的なサラリーマンで、会社から言われたことしかやろうとしない怠け社員だったんです。上司から叱られたら、ひたすらペコペコしていましたし。ところが、あの指輪をするようになった時を境に、上司に食ってかかるような物言いをするようになって、『こんな会社なんて、いつでも辞めてやる』とタンカを切るようになりました。実際、会社を辞めてしまい、さっき言ったように、僕にも『早く辞めたほうがいい』などと言い切りましたからね。今となっては、杉山の人格が、無気力な人間なのか、もとから相当な野心家だったのか、さっぱりわからなくなってきました」

あの指輪は、やはり重大な意味を持っていたと見て、間違いない。是が非でも、なぜ杉山好市郎がランの紋様の指輪と接点を持ったのか、調べなければならない――十津川はそう確信を持った。

阿久津が言うところの〈指輪をしはじめてから、いきなり人格が変わったように感じられた〉というのは、元上司にきいても同じだった。

鈴木《すずき》という元上司は、こう言った。

「仕事の成績は相変わらずだったのですが、ある時から反抗的な言動を隠そうともしなくなりました。ただ、総務部を通じて調べてみたら、急に人格が変わったのではなく、もともとの本性があらわになった、ということみたいでした」

「それは、どういうことですか？」

「彼は仙台の大学を出ているのですが、在学中に、気に食わない教授をぶん殴るというトラブルを起こしていたと聞きました。見た目と違って、かなり粗暴な性格の持ち主だったようで。どうやら、そのトラブルの時には、二、三人の悪い仲間がついていたみたいです。ほら、単独では何もできないのに、悪い仲間がつくと急に強気になる人間がいるでしょう。杉山はその典型だったと思われますよ」

十津川は、杉山好市郎という男のことが、少しずつだが理解できたような気がした。

独りでは、大それたことなど、何もできない。だが、徒党を組むと、途端に気が大きくなり、大胆なことを仕出かすし、悪さもする。ティーンエイジャーの不良ならいざ知らず、その時分から卒業できていない半端な男らしい。

しかし、そんな愚か者が、数々の事件を引き起こした疑いが強まっているのである。しかも、十津川の想像どおりであれば、杉山はランの紋様をあしらった指輪を〝秘密結社〟の象徴に使って、愚連隊を率いている気になっているのかもしれない。そこには、ある種の狂気さえ感じられる。

杉山好市郎はこれまでにない危険な人間だ。一刻も早く、行方を摑まねば――。

十津川はひしひしと、そう感じ取っていた。

4

その頃、両国駅3番ホームをめぐり、あるイベントが実現に向かって動いていた。

宮田典は亡くなる直前に、『鉄道日本』の創刊五十周年記念列車を走らせようとしていたが、今度はそれとは別に、両国駅3番ホームと館山を往復する、SLの特別追悼列車が走るというのだ。その主催者名が「戦争と平和を考える会～昭和二十年三月九日の悲劇をくり返すな～」であるとJR東日本の幹部から聞いて、十津川は仰天した。JR東日本の幹部は昭和二十年三月九日の事件を内々に調べてくれている人で、イベントのことを知り、気を利かせて十津川に連絡してきたのである。

昭和二十年三月九日に起きた悲劇とは、両国駅で発生した海軍将校による教師射殺事件を指すのではないか？　そう思って、つい先日、当時の事情をきくために捜査本部に来てもらった深川R小学校の人々に連絡を取ってみると、主催者はやはり彼らだった。代表に名を連ねているのは、青田宏と石原勇人、井上優子の三人である。

十津川が面会を求めると、三人は「警察の皆さんも忙しいでしょうから」とわざわざ捜査本部に足を運んでくれた。

青田宏が席に着くなり、十津川に言った。

「警部さん、私たちに会った後、山形に行かれましたね？　工藤太一郎の奥さんから小池雄大のもとに、電話がありましてね、警部さんたちが、昭和二十年三月九日の夜に何が起きたのか、調べていらっしゃると教えてくれました。あの時、工藤太一郎が言っていたとおり、海軍将校が発砲した。そして、じつは、その時に撃たれたのは、島村先生と高木先生だった。そのことをお調べになっていたんですね？」

十津川は、老人たちに衝撃を与えまいと配慮して、工藤直子と面会した際の話を、彼らに告げていなかった。

「申し訳ございません。そのとおりです」

口ごもる十津川に、小池雄大夫人の井上優子が微笑を浮かべて言った。

「いいんですよ、警部さん。過去を掘り返して、私たちを傷つけまいとお考えになったことは重々承知しています。警察の方が何事かを必死に捜査されていることは理解していますし、私たちにできることがあれば、何でも協力します。そもそも、そういうつもりでなければ、私たちもここまで来ていませんよ」

「ご理解いただきまして、ありがとうございます。心より御礼申し上げます」

十津川は深々と頭を下げた。

老人たちはにこやかに応じ、青田宏が追悼イベントの説明を始めた。

今回の企画は、昭和二十年三月九日に起きた事件の関係者、すなわち館山に疎開した児童のうちの存命者、あるいはその係累、R小学校の関係者が中心となって費用を出し合い、問題の列車をもう一度、館山まで走らせることを目的としたものであるという。そのことをJR東日本に申し入れたところ、戦時下とはいえ旧国鉄の駅で事件が起き、それが七十年以上も闇に葬られていたという重大性に鑑み、全面協力するとの約束を取りつけたとのことだった。

しかも、ただ追悼列車を走らせるだけでなく、しっかりと世間の注目を集めるような内容にもなっている。約七十年前と同じく、C57形蒸気機関車を使える見込みが立ったというのだ。事件当時の軍用列車は、新小岩《しんこいわ》機関区のC57と貨車八両という編成であった。これを模して、大井川鐵道《おおいがわてつどう》に動態保存されているC57と、同じく大井川鐵道にある旧型客車八両を借用し、走らせる。これならば、確実に鉄道ファンの目を引くし、追悼列車の意義を全国ニュースとして配信させることも十分に可能だ。

――この人たちは八十代半ばのはずだが、天下のJRをいとも簡単に動かすとは大したものだ。戦前、戦中を生き抜いた方々の行動力は、さすがだな。

話を聞きながら、十津川は舌を巻いた。

続けて、石原勇人が追悼イベントの参加者について説明した。じつは、十津川にとっては、これがもっとも聞きたいことであった。

「端的に言えば、貸し切り列車になります。当時、館山に疎開した児童は四十五人でした。ですから、その四十五人分はわれわれ主催者サイドの枠としてキープしたうえで、それと同数の四十五人分を関係者枠にして、総勢九十人の旅とするつもりです。主催者サイドの枠はわれわれのように存命している者と、本人が亡くなっている場合はその家族の代表者一人。関係者枠は、存命者と物故者双方の家族、学校関係者、あるいは極めて親しかった人々を対象にしようと思います。島村先生と高木先生のご遺族もお招きしたいのですが、まだ連絡先が掴めていません。同じく、図らずも同じ軍用列車に乗り合わせた特攻隊の方々にも参加していただきたくて連絡先を調べたのですが、ほとんどが亡くなられてしまっていて、わずかに九十歳を過ぎた方が数人、ご存命でいらっしゃるそうです。その方たちも、体調が悪いとのことで参加していただくことは叶《かな》いませんでした」

「人選はどうやって行うのでしょうか？」

「まず、私たちが中心になって作る事務局が、同級生たちの消息を調べて、存命だったら追悼イベントに参加できるのかどうかをきいてみます。亡くなっていたら、遺族に案内を出します。次に、行方の摑めない同級生や学校関係者、物故者と親しかった人々にイベントのことを知ってもらうため、新聞やテレビで告知してもらおうと思っています。イベントのことを世間に公表するのは、そのタイミングになります」

「新聞とテレビを使って告知するとなると、費用がずいぶんかかるんじゃないですか？」

「ありがたいことに、そこもJRさんが全面協力してくださるそうで、ニュースとして報道してもらえるように手配してくれるとのことです。そして、イベントに参加を希望される方々には、関係者であることを証明する書類や応募理由を、事務局に送っていただき選抜する方式をとろうと思います。野次馬が紛れ込んでくることを避けたいですからね。実際、乗車希望者をすべて受け入れていたら、とてもじゃないが四十五人の関係者枠では収まりません」

「たしかに、鉄道ファンにとっては是が非でも乗ってみたい特別列車ですが、選抜を厳密にしないと大変なことになるでしょうね。JRからは『車中のイベント企画も考えていらっしゃるようだ』と伺っているのですが？」

「はい。客車が八両つくので、そのうちの一両をサロンカーにして、戦争と平和について語り合うシンポジウムを開こうと思っています。――そこで、ものは相談ですが、十津川さんたちにも関係者枠で乗っていただきたいのですが、いかがでしょうか？　先日来のお話から、昭和二十年三月九日のあの事件が、今になって問題化していることは、わかっています。そうであるならば、何か不測の事態が起きないとも限りません。できれば、ご一緒していただきたいのですが」

石原勇人がそう言うと、井上優子が準備していた招待状を、十津川と亀井に手渡した。これは十津川にとっても大いに助かった。企画を聞いた時から、〝あること〟を仕掛けてみようと考えていたからである。

招待状をありがたく貰《もら》い受けながら、十津川は、

「ありがとうございます。ついては、ぜひご協力いただきたいことがあるのですが……」

と言って、続けた。

「すでにご承知のことと思いますが、われわれは最近起きた複数の事件を捜査していて、それが七十年前の事件と何らかの関連があると見ています。そのうえで、お願い事が二つあります。一つは、渡辺千里さんという女性を、関係者枠に入れてほしいの

です。詳しくは言えないのですが、彼女はある事件の捜査協力者です。もう一つは、関係者枠の参加者を募る文章に、次のようなことを加えていただきたいのです。〈昭和二十年三月九日。両国駅のホームで二人の若い教師が不慮の死を遂げました。その事件の真相を、関係者が語り合います。真実を少しでもご存じの方はぜひご応募ください。優先してご案内します〉と。そのように明記していただきたいのです」

それを聞いて、青田宏がこう答えた。

「なるほど。私たちは〈昭和二十年三月九日の悲劇をくり返すな〉と銘打って、歴史に埋もれた事件に光を当てようと考えていましたが、十津川さんの仰るとおりにすれば、目的と意義をもっと明確にする効果がありますね。もう一つの、渡辺さんという女性については、事情があるというのですから、深くは聞きますまい」

彼らの厚意に、十津川はもう一度、深々と頭を下げた。

「助かります。捜査のために追悼イベントを利用するような形になってしまいますが、何卒《なにとぞ》お許しください」

三人の老人たちは優しく微笑み、青田宏が言った。

「十津川さんのお考えになっているとおりになさってください。ご要望の文は、そのまま加えることをお約束しますし、捜査に必要なのであればイベント期間中も全面協力します。ご安心ください」

5

一週間後、追悼列車のイベント企画は、メディアを通じて大々的に発表された。新聞とテレビが〈終戦直前に起きた、知られざる事件の真相を探る旅イベント！〉と大々的に報じたこともあり、世間の関心は極めて高く、関係者枠の募集人員四十五名に対して、倍率は約五百倍にも達した。もっとも、応募理由の多くは、関係者でもないのに〈何とかしてＳＬの追悼列車に乗ってみたい〉と目論《もくろ》んだもので、「自分の祖父も東京大空襲を体験した」というだけであったり、「両国駅で起きた射殺事件を聞いたことがある」という至極曖昧なものであったりした。

青田宏らの事務局が精査したうえで決定した関係者枠の乗車メンバーは、捜査本部にも伝えられた。その中には、さすがに、行方をくらましている杉山好市郎の名はなかった。

だが、十津川は、杉山が偽名を使って乗り込んでくる可能性、あるいはその仲間が紛れ込んでくる可能性も、ゼロではないと考えていた。イベント当日は、マスコミも何社か入ることになっていたので、犯行グループが厳重な身元チェックの目をかいくぐり、そこに潜り込むこともありうるのだ。渡辺千里を乗車メンバーに加えたのは、彼女が館山で問題の指輪を奪われた時、杉山あるいはその仲間を、どこかで視認していたのではないかと考えたためだった。

三上本部長が、自室に十津川を呼んで、きいた。

「SLの特別追悼列車を捜査に利用するとは、ずいぶん大それたことを考えたものだな。しかし、問題は、犯人がこの列車に乗り込んでくるのかどうか、だ。乗り込んでくるなら、すでに確定している主催者枠、関係者枠の乗車メンバー、あるいはマスコミなどの外部関係者の中に、犯人もしくはその仲間が紛れ込んでいるということになるが、君はそんなことがありうると、本当に信じているのかね？」

三上本部長はまったく信じていないようだった。信じてはいないが、犯人が乗り込んでこなければ、別にトラブルが発生するわけでもないのだから、十津川の思うとおりにやらせても損はない。単に、そう考えているようだ。

十津川としても、仕掛けが成功するかどうかは未知数だと思っていたが、手をこまねいているだけでは何も始まらない、やるだけやってみようという心境だった。ただし、一連の事件の犯人像を想像するに、この仕掛けに引っかかって来るだろうという、ほのかな自信はあったのである。

十津川が答えた。

「率直に言って、犯人もしくはその仲間が紛れ込んでくる可能性は、半々だと思います」

「半々でも、かなりの確率だぞ。杉山好市郎という男は、自宅に火を放って行方をくらますような奴《やつ》なんだろう？　よほどの馬鹿じゃない限り、杉山は自分が警察からマークされていることを悟っているはずだ。そんな状況で、警察が張り込んでいるであろう特別列車に、のこのこ乗り込んでくるだろうか？　客観的に言わせてもらえば、仲間を潜り込ませるにしても、その可能性はゼロだ」

三上本部長が、容赦なく、疑問をぶつけた。

それは十分にわかっていたので、十津川は慎重な口調で言った。

「杉山好市郎が犯行グループの主犯であり、複数の仲間がいるという前提に立っての話になりますが、一連の事件を振り返ってみて、私はこう考えました。――杉山グループは、誰かを標的にして、大金をせしめることを目的に動いています。しかし、その一方で、劇場型犯罪と言いますか、危険を冒してでも過激な仕掛けをしないと気が済まない、ある種の狂気に駆られている気配を感じるのです。

この事件は、終電近くの深夜に、宮田典がたまたま両国駅3番ホーム上に謎の人影を見かけたことから始まり、その真相を確かめようと3番ホームに入り込んで、問題の指輪を拾いました。そして、それを宝石店で複製しようとしたところ、なぜか白石豊という店員までもが勝手に複製してしまい、おそらくはそれが原因で放火殺人の憂き目に遭いました。問題の指輪をめぐる事件が続きます。イベント列車に乗って館山へ行った渡辺千里が誘拐され、指輪を奪われたうえに、薬物を盛られました。そして、指輪の謎に固執し、どういう手段を用いてか、犯人グループと裏交渉をしたと思われる宮田典が、盗難車のトラックにひき殺されました。

ここまでから察せられることは、犯人は極めて凶暴なうえに、警察がマークしていることをわかっていても犯行に及ぶ強引さを兼ね備えている、ということです。しかも、白石豊を殺害して火を放った事件と、杉山が行方をくらます際に起こした自宅放火事件から想像できるように、派手な大仕掛けをやってのけて快哉《かいさい》を叫ぶ、愉快犯の一面もあると断じて間違いないと思います。私が感じる狂気とは、そうした脈絡のなさです。

以上のことから、今度の特別追悼列車に警察が罠《わな》を張るであろうとわかっていても、杉山らの犯行グループはあえて挑戦してくるだろう、その可能性はあると、私は思うのです。彼らは、捜査の手がどこまで伸びているのか不安に感じながらも、進展具合を確かめることにスリルを感じて、自分の目で見てやりたいという誘惑に駆られるに違いありません」

三上本部長は渋い表情を浮かべて、訊き返した。

「君は、昭和二十年三月九日に両国駅で起きた事件が、すべての出発点だと考えているんだろう？　犯行グループが何を目論んでいると見立てているのか、今一度、整理して説明したまえ」

「犯行グループは、昭和二十年三月九日に起きた事件を何らかのきっかけで知り、二人の教師を射殺した事件の犯人、すなわち三人の海軍将校の、残された家族を標的に脅しているのだと思います。私は、桜内という中尉が戦後、桜商事という会社を立ち上げて成功し、現在も子息が後を継いで順調に社業を広げていることから、この会社を標的にしていると睨んでいます。もっとも、山田という少尉と、倉田という少尉も、戦後に成功を収めていますから、彼らの遺族が標的にされてもおかしくはないのですが」

「その海軍将校の遺族たちから、『脅迫されている』という訴えはないのかね？」

「今のところ、ありません。軍人が無辜《むこ》の民間人を撃ち殺したという事件ですから、遺族としても公にしたくはないのでしょう。脅迫するほうも、それを十分にわかったうえで、口止め料をせしめていると思われます。杉山好市郎は『大きな秘密ほどカネになる』と、それらしきことを周囲に漏らしていました」

「ふむ。では、宮田典が、深夜の両国駅3番ホーム上で、怪しい人影を見たという話は、どう解釈しているんだ？」

「現時点ではあくまで想像の域を出ませんが、犯行グループが桜商事の社長を脅すために演じた、パフォーマンスだったと思われます。その目的は『昭和二十年三月九日に何が起きたのか、俺たちはすべて知っている』ということを示すためで、不特定多数の人に見せつけ、桜商事の社長の耳に入るような話題になればいいと考えたのでしょう。それをたまたま目撃したのが宮田君だったのです。しかし、パフォーマンスを演じた人間が、深川R小学校のラン組に由来する、ランの紋様の指輪を3番ホームに落としてしまったために、計画に綻びが生じてしまった。それが、殺人事件にまで発展することになったと、私は見ています」

「その指輪についてだが、君は、犯行グループが何のために、それを作ったと思う？」

「杉山が数年前、勤め先を退職する少し前に例の指輪をはめはじめて、同僚に『秘密結社を作った』と言っていたことが気になります。それはあながちホラ話ではなく、本当に恐喝グループを作ったのではないかと疑っています。仲間の結束を高めるためと、脅迫相手の桜商事に対して『仲間は複数いるぞ』と見せつけるために」

「杉山はその時から、七十年以上前の事件をネタにした脅迫事件を始めたというのだな？」

「ええ。渡辺千里さんが両国駅の3番ホームで拾った指輪には、『5』とナンバリングされていました。私は、恐喝メンバーが少なくとも五人存在すると思っています」

三上本部長は納得した様子ではなかったが、昼休みが近づいてきたので、十津川を解放した。十津川からすれば、十分に収穫があった。三上本部長から捜査の中止を命じられることが、なかったからである。

現時点では決定的な証拠はなく、十津川も仮説を述べるに止まっているにすぎない。だが、その仮説に難癖をつけるほどの材料を、三上本部長が持っているわけではなさそうだった。

ただし、日本を代表する大企業のＪＲ東日本が関係する案件だけに、いつなんどき、上層部から捜査の自重を求められないとも限らない。事は急いで進める必要があるな——。十津川が意を新たにしながら自席に戻ると、亀井、北条、日下の各刑事が議論しているところだった。その周りを、若手刑事も何人か囲んでいる。

「どうしたのかね？」

十津川がきくと、亀井が答えた。

「いえね、杉山好市郎がどうやって犯行仲間を集めたのか、それぞれの意見を戦わせていたのですよ」

「警部、聞いていただけますか？」

と、まずは日下刑事が言った。

「私は、杉山好市郎とその仲間たちは、かなり昔からの知り合いだと思います。なぜならば、七十年以上前の、歴史の闇に消えていた昭和二十年三月九日の事件を知り、恐喝に結びつけるなんて、相当な計画性と組織力がないと、とてもじゃないができっこない。それに対して、北条君は、杉山がまずは恐喝ネタを摑んで、それからSNSなどを使って『この指とまれ』よろしく仲間を集めたと言うんですが、僕はそんなんじゃないと思います」

それを聞くと、北条刑事が反論した。

「もちろん、それも一理あるとは思います。でも、一連の犯行を見ると、凶暴犯かと思えば、千里さんを誘拐した時のように計画性があったり、はたまた思いつきのようなことを仕出かしたりする一面があったりと、どうにも一貫性が感じられないのです。杉山が初めから統率しているのではなくて、別々の思惑を持った犯罪者が恐喝ネタを持っている杉山のもとに集まったという可能性も、排除できないと思います」

いや、でも、と日下刑事が言いかけるのを制して、十津川が言った。

「なるほど。日下君と北条君の議論は、じつに有意義なものだと思う。犯行グループの成り立ちを考えてみるのは、非常に重要だ。話を聞きながら、私もふと考えついたことがあるんだ」

その言葉に、刑事たちの目が一斉に十津川へ向けられた。

第六章　五千万円の口止め料

1

「これから話すことは、私が漠然と考えついたことなので、あくまで、参考意見として、聞いてほしい。――一連の事件の背景に、昭和二十年三月九日の夜に両国駅で起きた、海軍将校による、教師射殺事件がある。それは、皆も承知しているだろう」

全員が深く肯いたのを見てから、十津川は、続けた。

「よろしい。だが、ここで立ちはだかる、難題がある。犯行グループはどうやって、七十年以上も前の事件を知りえたのか、ということだ。私は、杉山好市郎が三人の海軍将校の家族を脅していると、見ている。中でも、桜内という中尉が戦後に立ち上げて成功した桜商事が、標的になっている可能性が高い。しかし、昭和二十年三月九日の事件は、いっさいの記録がなく、当事者以外、知りえないものなのだ。実際、私にこの話をしてくれた原田勝という老人も、真相は神のみぞ知るという意味で、しきりに〝神話〟と言っていたくらいだ。それくらい、深い闇に閉ざされた話を、杉山はどんな手段で嗅ぎつけたのだろうか？　しかも、なぜ、それが恐喝の材料になると、判断できたのだろうか？」

十津川の言葉に、亀井刑事が腕組みをしながら、言った。

「警部の仰るとおりですね。杉山が恐喝の常習犯だとしても、あまりに手際がよすぎます。七十年以上も前の事件が強請りのネタになるとは、普通は思いつきません。これは、三人の海軍将校、あるいは深川R小学校の関係者に近い、よほど熟知した情報提供者が、犯行グループに絡んでいると、考えられますね。何が恐喝の勘どころかをわかっていないと、カネにならないのですから」

まったくそのとおりだと、十津川は肯いて、言った。

「杉山好市郎と、その情報源の人物との、関係を考えてみよう。杉山が勤めていた会社の、元同僚や元上司たちの証言を、思い出してくれたまえ。彼らは揃って、杉山の言動がガラリと変わったのも、ランの紋様の指輪をはめはじめたのも、会社を辞める直前の、今から数年前のことだったと、言っている。日下君に調べてもらったところによると、正確には、二年三ヵ月前のことだという。そうなると、杉山は、この時期に情報源と知り合ったと見るほうが、自然だろう」

ここまで言ってから、十津川はひと息ついて、続けた。

「さて、ここからが、肝心なところだ。この事件が難解なのは、杉山グループが、ある面では大金をせしめるために、計画的に物事を進める緻密さを発揮しながら、別の面では、殺人さえ平気でやってのける凶暴性、派手な大仕掛けを好む、劇場型犯罪気質も併せ持っているところにあると思う。どうにも脈絡のない、狂気に近いものを、感じるんだ。しかし、その一貫性のなさが、われわれにとっては、最大の付け目になるとも、言える。私は、その鍵を握るのは、杉山に脅迫材料を持ち込んだ人物だと、睨んでいる。おそらく、その人物は最近まで、自分が大金をせしめるネタを持っていることを、よくわかっていなかったのだろう。恐喝ネタになることを気づいている人間ならば、何年、何十年も前から、単独で恐喝を続けていたはずで、今になってわざわざ、杉山グループと組む理由が、ないからだ。そして、大胆に推理すれば、現時点でもなお、杉山グループから抜けてはいない。グループからの離脱が、すなわち死を意味することは、殺人事件が起きていることからも、十分に、わかっているはずだ。この人間を特定して自供に追い込むことが、われわれの目下の、課題なのではないだろうか？　私はそう考えているが、皆はどうだろうか？」

　それを聞いた北条早苗刑事は、我が意を得たりといった表情で、言った。

「私も、同じ考えです。別々の思惑を持った犯罪者が、恐喝の常習犯である杉山のもとに集まり、時と場合によって、めいめいが勝手に動き出している。そう考えるほうが、無理がないように感じます。特に、杉山に情報を持ち込んだ人物に、殺人を犯すほどの粗暴性があるとは、考えられません。この人物の目的はあくまで金銭で、人殺しに手を染める必要が、まったくなかったからです」

　先ほどまで、北条刑事の説に疑問を投げかけ、「杉山グループは古くからの知人同士で、相当な計画性と組織力があるのではないか？」と反論していた日下刑事も、

「たしかに、そのとおりですね。正体が今一つはっきりしない杉山グループの中でも、情報源の人物だけは、特殊な立場にあります。何としても、この人物の身元を、特定したいところですね」

　と、納得した口調で、応じた。

　捜査の最重点課題を、杉山に昭和二十年三月九日の事件の情報をもたらした、謎の人物の素性を明らかにすることに置く。そのことを共有できたことだけでも、十津川は、大いに満足であった。

「問題のランの紋様が彫られた指輪のナンバリングから、杉山グループは少なくとも五人いると考えている。そして、亡くなった宮田君が偶然に、両国駅3番ホームで二人の人影を見たということと、昭和二十年三月九日の夜に射殺された二人の教師のうち、一人が女性だったことから推測するに、杉山グループには女が加わっている可能性がある。諸君には、その点を考慮したうえで、引き続き、杉山好市郎の周辺を、捜査してもらいたい」

十津川の言葉を受けて、改めて皆が相談して、聞き込みの担当を割り振った。

北条刑事の担当は、杉山の自宅マンションがあった三鷹市内と、元の勤務先であったゲーム機メーカーの周辺。日下刑事は戦前の深川R小学校および、宮田と杉山の共通の趣味であったメダカ飼育の関係者を。そして、十津川と亀井は、問題となっている海軍将校三人の遺族を、担当することになった。

一週間後の三月九日、十津川と亀井の姿は、都内の一等地に本社ビルを構える、桜商事の貴賓室にあった。いくつかある応接室の中でも、最上級の部屋であるという。

戦前の洋風建築のそれにも似た、風格ある壁面の真ん前には、海軍中尉であった創業者の、ブロンズ胸像が鎮座《ちんざ》している。十津川と知己の中根敬教授が以前知らせてくれた情報によると、桜商事自体は社員二千人の中堅商社にすぎないものの、桜内元中尉が戦後に大手商社L商事に勤めていた縁もあって、社業は極めて堅調、年商数百億円の優良企業であるという。

その三日前、十津川は、桜商事の二代目社長で桜内元中尉の長男、桜内明に直接、電話をかけていた。すでに、新聞やテレビを通じて、一ヵ月後の三月九日、深川R小学校出身の老人たち主催のイベントで、SL特別追悼列車が両国―館山間を走るというニュースは、報道されている。この老人たちは、昭和二十年三月九日に起きた事件の現場に、居合わせた人々でもある。そのことも広く報じられていることを踏まえて、十津川は射殺事件に関与した海軍将校の遺族のうちから、イの一番に桜内明を選んで、接触を図ったのである。杉山グループによる恐喝の対象となりうるのは、もっとも成功している桜商事にちがいないと、考えたからであった。

報道では〈昭和二十年三月九日に、両国駅で二人の若い教師が、不慮の死を遂げた〉というだけで、事件に関与したのが三人の海軍将校であることは、伏せられていた。ただ、その一方で、十津川はこれまでに中根教授の協力のもと、三人の生前の言動を調べたり、中根教授の教え子を通じて間接的に遺族の反応を探ったりしていたため、桜内明がすべてを把握していることを、確信していた。

予想どおり、十津川のかけた電話は、すぐに代表電話から社長室へ、そして桜内明本人へと、取り次がれた。

電話口での挨拶を済ませると、十津川は、単刀直入に、言った。

「桜内さんには、何としても、すべてを明かしていただきたいのです。昭和二十年三月九日に起きた事件について、ここ数ヵ月のうちに何らかの動きがあったと、われわれは見ています。それは、二人の死者を出す事態となっており、今後も犠牲者が出る恐れがあります。これ以上の悲劇を食い止め、真犯人を検挙したいのです。ぜひ、ご協力いただけませんか？」

桜内明は、しばらく沈黙していたが、

「私の一存で、お答えできることではないのです。ただ、他の二人、倉田さんと山田さんのご家族が同席してくれるというなら、考えられなくもありません。こちらから連絡を取ってみますので、少し、お時間をいただけますか？」

と、答えた。

その結果、三日後のこの日に、桜商事の貴賓室で面会が実現したのである。

同席したのは、十津川と亀井、山田元少尉の孫で会社員の山田和平《かずひら》（三十三歳）。それに、倉田元少尉の未亡人、倉田倫子《みちこ》（八十五歳）と、孫娘のかずこ（二十歳）。

そして、今年七十歳になる桜内明である。

桜商事を立ち上げた桜内元中尉は八年前に、戦後大蔵省の官僚となり茨城県Ｈ市の市議会議長にもなった山田元少尉は六年前に、そして海上自衛隊で上級職を務めた倉田元少尉は三年前に、それぞれ物故している。いずれも、八十代後半から九十代まで命を長らえたのだから、天寿を全うしたと言えるだろう。その縁者となる人々を前にして、十津川も亀井も〈一口に戦後七十余年というが、長いというべきか、短いというべきか。人に歴史あり、だな〉と感慨を新たにした。

十津川は、中根教授を通じて、倉田かずこのことを聞いていた。たしか、中根教授の教え子である男子大学生と、知り合いだったはずだ。今回の捜査では、かなり早い段階で、事件について内々にきいており、「倉田家では、昭和二十年三月九日に関する話が、出たことはない」との、返答をしてくれた令嬢でもある。

倉田かずこは、十津川と目が合うと、緊張した面持ちで会釈した。

〈この娘は、祖父が七十年以上も前に何をやったのか、すべて、知ってしまったのだな〉

そう察するに十分な様子を見るにつけ、十津川は、複雑な思いに駆られた。

だが、すべては、杉山グループの犯罪を、食い止めるためである。十津川は心を鬼にして、口を開いた。

「本日はお集まりいただきまして、ありがとうございます。われわれは昭和二十年三月九日の夜、両国駅で起きた事件のことを調べています。現在捜査中の殺人事件と関連している疑いが、濃厚であるためです。つきましては、亡くなられた三人の将校が生前に何を語っていたのか、ということなどを、皆さんに、お伺いしたく思います。率直に申し上げて、ご家族からすれば、故人の名誉のために、口にしたくない話かもしれません。しかし、真実を明らかにして正義を貫くという使命のもとお尋ねすることを、どうぞお許しください。――まずは、桜内社長に伺いましょう。捜査にご協力いただけますか？」

桜内明は、遺族たちに目配せしてから軽く肯くと、貴賓室の片隅にある金庫に歩み寄り、漆塗りの箱を、取り出した。

「十津川さんが父たちの生前の行跡をお調べになっていることは、ここにいる倉田元少尉の孫娘、かずこさんから聞いておりました。そして、それが昭和二十年三月九日に起きた事柄を指すことも、私たちにはすぐにわかりました」

桜内明は、淡々とした口調で、語りはじめた。三人の海軍将校の家族たちは、緊密に連絡を取り合う仲にあるようだ。そのことを認識しながら、十津川と亀井は、桜内明の弁を、待った。

「父たちが両国駅でやってしまったことの、だいたいの内容は、私たち家族も知っております。亡くなられた深川Ｒ小学校の先生たちには、申し訳ない気持ちで、いっぱいです。しかし、事の是非を問う前に、この書類を、ご覧いただきたいのです」

桜内明は、そう言って、箱の中から、一通の古びた書類を、取り出した。

それは、手書きの命令書であった。日付は、昭和二十年三月九日。右上には、「秘」の判が押されている。そこに書かれている文は、現代風に訳すと、次のようなものだった。

〈命令書

桜内中尉、倉田少尉、山田少尉の三名は、特攻兵器「伏龍」の兵器および特攻隊員五十名を、鉄路にて、館山へ移送せよ。基地到着後は、実地訓練の専任となることを命ず。なお、世情不安の折、本計画の妨げとなる地方人は、実力をもって断固排除せよ。その際に、あらゆる手段を取ることを許可する。

昭和二十年三月九日

大日本帝国海軍軍令部第十二課　課長　佐々木《ささき》誠《まこと》〉

十津川たちが読み終えるのを見計らって、桜内明が言った。

「この書類は、わが家にとって、非常に大切なものなのです。亡くなった父は、生前、『これだけは絶対に失《な》くしてはならない』と言い続けていて、戦争が終わってから、ずっと、毎年三月九日になると、この書類を箱から取り出して、奉じているほどでした。そして、こうも、言っていました。『この命令書は、私の命だ。これがなかったら、私は、腹を切って、死んでいただろう』と」

十津川はちょっと考え込んでから、

「毎年三月九日にこの書類を奉じる時には、軍隊時代の後輩であった、倉田さんと山田さんも、いらしたのではないですか？」

と、きいた。すると、桜内明は「さすがに、鋭いですね」と苦笑いしつつ、こう答えた。

「ええ。そのとおりです。私も何度かその様子を見て、子供心に、『いい大人がわざわざ集まって、なぜ儀式めいたことを、しているんだろう』と、思ったものでした。倉田さんと山田さんがわが家に来たのは、戦後すぐから、父が当社を立ち上げるまでの二十年間くらいで、三月九日のその日だけ、でした」

「桜内元中尉が桜商事を設立してからは、年一回、この貴賓室で命令書を奉じていたのですか？」

十津川がきくと、それまで黙っていた山田和平が、言った。

「そのようです。私の祖父も毎年三月九日になると、桜内さんのところに伺っていたと、母から聞きました。桜内さんのお父様が亡くなられた後の二年ほどは、明さんを訪ねていたんです。それで、六年前に祖父が亡くなって以降は、僕が母に命じられて、こちらにお邪魔するようになりました」

「山田さんは、この命令書を年一回、皆さんで集まって、確認することの意味を、承知されていたんですか？」

亀井が尋ねると、山田和平は、

「いえ。今回の件で、明さんとかずこさんから事の次第を聞くまでは、まったく知りませんでした。それは、母も同じだったようです。てっきり、国に尽くしたことを忘れないための、元軍人たちによる、セレモニーだと思っていたものですから」

と、答えた。

十津川が、倉田元少尉の未亡人で、この中ではもっとも年長の倫子に目を向けると、倉田倫子は語りはじめた。

「私も、明さんがお父様から聞いたという話とまったく同じことを、主人から、聞かされておりました。『あの命令書は俺の命なんだ』と。でも、昭和二十年三月九日の夜に何が起きたのか、主人は、何も言わずに、亡くなりました。私も、主人に軍隊時代のことをきいても詮方ないと思っていたので、特に聞き出すこともなかったのです。なので、この件が、私ども倉田家で口の端に上ったことは、一度もありませんでした。私自身、明さんから事の詳細を聞いたのは二年前のことで、孫には昨日、初めて教えました」

その言葉に、孫娘のかずこはこくんと肯いた。倉田倫子の話が続く。

「でも、今になって、あの夜に何が起きたのかを知ると、主人が長い間、どんな思いを抱いていたのか、わかるような気がします。もしも軍規に反して、民間の方々を勝手に射殺したのであれば、主人は自責の念に駆られて、自殺したはずです。そういう、責任感の強い人なんです。でも、この命令書があればこそ、主人は死ねなかったのだと思うのです」

2

倉田倫子が言葉を詰まらせたのを見て、桜内明が引き取った。

「私は父が亡くなる数年前に、父自身から、昭和二十年三月九日の事件を、少しだけ聞きました。命令書の文中にある〝地方人〟というのは、当時の軍人が一般人、つまり国民や市民をこう呼んでいたのです。そこには、軍人こそが国の中央で、民間人ごときは地方なのだという、軽蔑の視線もあったのでしょう。でも、その善《よ》し悪《あ》しを問う以前に、父の弁を聞くと、当時の日本の軍人が、現代に生きる私たちとは、まったく異なる理屈で生きていたことが、よくわかりました。たかが一枚の書類に過ぎませんが、この命令書は父たちにとって、自分たちの名誉を守る、最後の砦《とりで》だったんです」

十津川は、あえて、こうきいてみた。

「最後の砦、ですか？　しかし、戦後になってもなお、この命令書が旧軍人たちの拠《よ》り所《どころ》になっていたというのは、どういうわけでしょうか？」

公務に携わる人間として、上からの命令というものがどれほど厳格なものであるか、十津川にも、理解できなくはなかった。戦時中ならば、なおさらだろう。だが、そのことを、桜内明をはじめとした家族たちはどのように受け止めているのか、十津川は、それを知りたかった。命令があれば、民間人を殺しても構わなかったと結論づけるのか？　そうではなく、どんな事情であっても、間違った行為だったと考えているのか？

はたして、桜内明は、胸に秘めた思いを吐き出すようにして、語った。

「私は、何度も自問自答しながら、こう思ったんです。父たちにとって、この命令書が絶対的に必要となったのは、むしろ戦争が終わってからなのだった、と。戦時中ならば、非常時だということで、許されたかもしれません。しかし、軍隊が失われた戦後になると、罪もない民間人を二人も撃ち殺したことは、いっさいの言い訳がきかない大事件で、日本中から非難されて然《しか》るべきものとなってしまいました。それに対する弁護材料は、この書類だけなのです。十津川さんと亀井さんは、旧日本軍が徹頭徹尾、上意下達の世界だったことを、ご存じでしょう？　上が命令し、下はそれを完遂する。下の者が抗弁することなど、許されないということです。父たちがいたのは、そういう世界です。大きな声で言うべきことではないのかもしれませんが、父たちがやってしまったことは、単なる殺人ではなく、国の命令のもとに実行した、超法規的な、やむをえない措置だったと、思えてなりません」

その思いは家族たちにとって共通しているものらしく、強い視線を、投げかけてくる。「命令を下されたのだから、仕方なかった」というのは、彼らにとって唯一といる。

ってもいい落としどころなのだろう。実際、桜内明の口調には、気色ばむという以上に、悲痛なものがある。

　しかし、それで済ませてしまえば、話は終わってしまうのだ。下手をすれば、家族たちから「もう、そっとしておいてくれ」と言われて、捜査への協力を拒まれてしまう、恐れさえある。

〈肝心なのは、杉山好市郎の犯行グループが、どうやってこの人たちが抱えている問題を、嗅ぎつけたかを探ることで、歴史的解釈の議論を行うことではない〉

　そう考えた十津川は、じっと堪えて、今しばらく話を続けるために、こう返した。

「しかし、あまりにも理不尽な命令ならば、命じられた側もためらうのではないでしようか。日本には大正デモクラシーの時代もありましたから、その影響で、旧日本軍にも、少しは民主的なところがあったと、聞いたことがありますが？」

　桜内明は、やや気勢が削《そ》がれた様子ではあったが、もともとは学究心の強い人柄なのか、十津川の問いに対して、誠実に応じた。

「それは、そのとおりです。私が書物などで調べたところでも、昭和初期の頃の軍には、民主的な雰囲気があったそうです。この当時の軍の法規にも、たとえ上官の命令であっても、それが不条理なものであったなら、下の者は説明を求めることができるし、上官はそれに答える義務があると、されていましたからね」

女子大生の倉田かずこは、

「え、そうなんですか。初めて、知りました」

と、目を丸くしている。

張り詰めた空気が少し緩んだところで、桜内明は倉田かずこに向かって、言った。

「意外だろう？　ただし、こうした民主的な風潮に対しての、反動も激しかったらしい。日本の軍隊には似つかわしくないとの声があがり、昭和十年前後の日中戦争の頃になると、軍規のうちから民主的な箇所はまったく消えて、『上官の命令は、いかなるものであっても速やかに実行すべし』となってしまった。もともと軍人勅諭に、天皇陛下のお言葉として『上官の命令は予の命令と心得よ』とあったから、なおさら、上意下達の風潮が強まっていったんだ。戦争末期になると、それがいっそう、ひどくなり、軍の上層部が狂ったような命令を乱発して、現場の兵士たちが次々と犠牲になる、といった事態になってしまった」

桜内明は、グラスに入った水を一口飲むと、十津川たちに向き直って、語り出した。

「ちょっと脱線する話かもしれませんが、私が調べた話を、披露させてください。

──海軍で、佐世保を母港としていた潜水艦部隊がありました。昭和十九年の二月頃、この部隊が南方へ出撃する時になって、軍令部から、ある命令が下ったんです。それは、『敵の商船を沈め、海上に生存者がいた場合、その者たちを一人残らず機銃で射殺せよ』というものでした。商船の乗組員は民間人なのだから、船を沈めても、生存者には手を出さない、というのが戦下での了解事項だったのに、それを破れと命じたのです」

「しかし、それは、戦時中でも有効だった国際法に、違反しているのではないですか？」

亀井がきくと、桜内明は大きく肯いて、続けた。

「まったく、そのとおりです。そのため、潜水艦部隊の司令は『命令は命令として受けるが、いつの日か、戦争犯罪に問われるかもしれない』と考え、文書に起こしてほしいと求め、軍令部も、それに応じて、命令書を出しました。ところが、問題は、終戦後に、起きました。潜水艦部隊の司令が危惧したとおり、民間人を殺害した件が罪に問われ、連合軍による軍事法廷、いわゆるBC級戦犯を対象にした裁判が、開かれたのです。裁判の中で、司令は、命令書を提出して軍上層部からの指示だったことを主張しましたが、軍令部の責任者だった者が『命令した覚えはない』『命令書なるものは偽造された書類だ』と強弁したために、とうとう、司令は処刑されてしまったのです」

倉田かずこが、眉をひそめて、「ひどい」と呟いた。

山田和平も、憮然とした顔つきで、

「今も昔も、同じなんだな。トップダウンというと聞こえはいいけれど、結局は、上が下に対して、問答無用で命令に従えと、強要しているにすぎない。そのくせ、誰も責任を取ろうとしないんだ」

と、吐き捨てるようにして、言った。

少し間を置いてから、桜内明は、再び語り出した。

「上が命令して、下が実行する。中央が命じて、地方が従う。異議を唱えることは、絶対に許されない。戦後になってもそれは変わらず、下の者は中央を守らなければならない、という理屈がまかり通ってしまったんです。つまり、問題の命令書が裁判で有効になれば、中央の軍令部、ひいては大本営の戦争指導者たちまでもが、断罪される恐れがある。それでは、栄光ある大日本帝国海軍の歴史が、汚されてしまう。軍令部側の言わんとしたことはこのとおりで、潜水艦部隊の司令も、そう知らされたのでしょう。最終的に、司令は、一人責任を背負い込み、自分の独断で民間人の射殺を命じたと告白して、有罪となったのです。

じつは、生前の父から聞いた話では、父たちも、まったく同じ状況だったようです。軍令部の上司から、当初は口頭で、『お前たちの行動を妨げる者があれば、容赦なく、排除しても構わない』と言われたのですが、不安を覚えて、文書に起こしてもらった、という経緯があったそうです。しかし、潜水艦部隊の司令の事例を見ても、いざ裁判にかけられたら、国が守ってくれるとは限らないことが、わかってきました。そのため、命令書を何としても死守しながら、三人が一致団結して証言できるように、年一回は集まって、この書類を確認し合っていた、ということなんです。そして、父たちが相次いで亡くなってからは、意味のない儀式にすぎないのかもしれませんが、私たち家族がその役目を引き継いでいる、というわけです」

3

桜内明による遺族たちの立場の説明が終わったところで、十津川は本題に入った。

これこそが、今日ここへ足を運んだ、最大の目的である。

「これから話すことは、現在行っている捜査に関わることなので、くれぐれも、口外なさらないでください」

そう断りを入れてから、十津川はここ数ヵ月以内に起きた奇怪な事件の数々、殺人事件、そして杉山好市郎なる男のグループが策謀している疑いが濃いことを、桜内明たちに伝えた。

「われわれ警察にとっての最大の疑問は、昭和二十年三月九日の事件が、公的な記録には残っておらず、歴史に埋もれたものなのに、杉山はどうやって知ったのか、ということです。また、この事件を脅迫材料にして、動き出している以上、すでにご家族の方々に接近して、金銭を強請り取ろうとしていると考えるのが、自然です。ぜひ、皆さんには、正直にお答えいただきたい。犯人からの接触を含めて、何かご存じのことがあるのではないですか？」

十津川は声に力を入れてきいたが、祖父の秘密を教えられたばかりの倉田かずこを除いて、三人は俯《うつむ》いたままであった。

〈やはり、何か隠している〉

そう直感した十津川は、桜内明に向かって、もう一度、

「桜内さん、いかがですか？」

と問うと、桜内明は、絞り出すような声で、

「秘密は守られるはずだ」

とだけ漏らして、また口を閉ざしてしまった。

すると、山田和平が、沈黙に耐えかねたように、

「じつは、僕の弟が二年半ほど前に、母と大喧嘩《おおげんか》をして、連絡が取れなくなっているんですよ」

と、語り出した。

十津川よりも早く、桜内明が、怪訝そうな表情できいた。

「君の弟さん？　ああ、ここにも、君と一緒に来たことがあったね。太洋《たいよう》君だったよな。神奈川県《かながわけん》の大学に通った縁で、県内の市役所に勤めているんじゃないのか？」

「それが、市役所をクビになったんです」

「なぜかね？」

山田和平は、答えにくそうな表情で、言った。

「明さんには早くお伝えするべきだったかもしれませんが、家族の恥なので、言いづらくて……。あいつ、横浜《よこはま》のホステスに入れあげてしまって、カネを作るために不正をやらかしたんです。それが役所にバレて、懲戒免職になってしまいまして。使い込んだ額が小さかったので、新聞沙汰にはならなかったんですが、そのうちに、母も知

るところとなりました。祖父が茨城県のH市で市議会議長をやっていたくらいなので、母は大変に潔癖なところがあるんです。それだけに、弟への怒りが凄《すさ》まじく、弟も弟で逆ギレして大暴れしたものだから、あれから完全に、没交渉になっているんです」

桜内明は顔色を変えて、

「ああ、それでわかったよ。間違いなく、君の弟から、漏れたんだ」

と言い、十津川と亀井に向かって続けた。

「警部さん。私には、この事件がどういう経緯で始まったのか、初めてわかったような気がします。事ここに至っては、もはや、隠し立てしますまい。じつは、去年の九月に突然、男から会社に電話があって、父たちの秘密を、小出しにしながら喋りはじめたんです。最初は、噂を聞きかじって、当てずっぽうで言っていると高を括《くく》っていたのですが、だんだんと震える思いがしました。男は、父たちが一生をかけて隠し通したかったことを、何から何まで、全部知っていたのです。それが、太洋君の情報をもとにしていたというなら、合点が行きます。太洋君も、父たちの秘密を、だいたいは知っていましたから」

山田太洋が市役所をクビになったのは、二年半前。杉山好市郎がランの紋様の指輪をはめはじめ、勤務態度も急変して会社を辞めたのは、二年三ヵ月前である。時期がほぼ一致する。

〈ついに、点と線が繋がったな〉

十津川は、湧き上がる興奮を抑えながら、

「桜内さん、男はカネを要求してきたのではないですか？」

と、尋ねた。

案の定、桜内明の答えは、

「ええ。口止め料の要求がありました。それで去年の十月に、五千万円を、支払いました」

というものだった。

「犯人は、何と言って、桜内さんを脅しましたか？」

「要求に応じなければ、メディアやSNSを使って世に訴える、そうなれば故人の名誉は地に堕《お》ち、家族の一生も、メチャクチャになるだろうと。しかし、恐喝犯というのは、蛇のような、しつこさがありますね。五千万円を支払って終わったと思ったら、『これから毎年、五千万円ずつ払え。いつ支払うつもりがあるのか、こちらから毎月二十日に、何らかの方法で連絡を入れて、きいてやる』、と言ってきたんです」

「今年の分は済んだが、来年になったらまた払え、と？」

「そうです。私は『話が違うじゃないか』と怒鳴り返したんですが、『殺人者の息子が、何を言うか。親の因果《いんが》が子に報うとは、よく言ったものだな』とせせら笑われてしまいました」

倉田倫子が、愕然《がくぜん》とした顔つきで、

「明さん、言ってくだされば、私たちも、少しは協力できましたのに」

と言うと、山田和平も、

「すみません。警部さんからお話を聞いていて、まさかとは思いましたが、やっぱり弟が一枚嚙んでいるみたいですね」

と、今にも泣きそうな表情で、声を絞り出した。

「倉田さん、和平君。いいんだよ。父たちの名誉を守るために、仕方なかったんだ。カネのことなら、私が一番、何とかなるからね。それに、警部さんの話を聞くと、犯人は複数で、人殺しを平気でやるような連中らしい。あなたたちは、関わらないほうがいい」

「でも、そんなわけには……」

「僕にも、弟が仕出かした不始末への、責任があります」

家族たちが話し合っている脇で、十津川は何事かを考え込んでいた。そして、しばらく経ってから、

「皆さんは、ちょうど一ヵ月後の三月九日に、両国駅と館山駅の間で特別追悼列車が走ることを、知っていますか？　ご家族からすれば耳が痛いでしょうが、昭和二十年三月九日の事件で亡くなった二人の教師を追悼して、その真実を討論するという、あの列車のことです」

と、尋ねた。この質問には、倉田かずこも含めて、全員が肯いた。

十津川は、桜内明に向かって、言った。

「犯人から二月二十日に接触があったら、『三月九日に両国駅3番ホームから館山に向かって走る、特別列車に乗ってほしい。その車内で、今年分の五千万円を、支払う』と、提案してくれませんか？　その場合、桜内さんにも、特別追悼列車に乗っていただく必要が、あるのですが」

それを聞いて、倉田倫子が、

「警部さん、特別列車に乗ってほしいと言いますが、それでは明さんが、参加者の人たちから、吊《つ》るし上げを食らうことになりませんか？　何といおうとも、こちらは殺人を犯してしまった側の、関係者なのですから。そもそも、私たちにとって、この追

悼イベントでの立ち位置は、非常に微妙です。すべてが明らかになり、主人たちの名前や私たちの身元を世間に公表されてしまったら、どんな事態になるのか、わかったものではありません。主人たちはそれを恐れて、長い間秘密を守ってきたのです。明さん、いくら警部さんのお願いでも、その列車に乗るのは、あまりにリスクが大きいように思いますよ」

と口を挟むと、桜内明も首を傾げて、

「私が列車に乗るべきかどうかはともかくとして、なぜなのですか？　素人考えでは、犯人が二月二十日に接触したところを逮捕するほうがいいと、思いますが。第一、あの特別追悼列車は、限られた関係者しか乗車できないと、聞いています。犯人が乗ることができなければ、カネも渡せないのではないですか？　それに、犯人も、なぜカネを支払うのに特別列車の車内を指定するのか、怪しむのではないですか？」

と、きいた。

もっともな疑問なので、十津川は丁寧に説明した。

「桜内さんに乗車していただくにあたっては、われわれが責任をもって身元を伏せるようにしますので、ぜひ信用してください。幸い、深川R小学校を卒業したご老人たちからなる主催者とは、信頼関係を築けているので、関係者枠に明さんを、仮名で入れてもらうことは可能です。──なぜ、わざわざ特別列車に乗っていただくのかというと、陰で蠢《うごめ》いている犯人たちを表に引きずり出す、絶好のチャンスとなるからです。これまでの経緯を見てみると、彼らはどういうわけか、犯罪を楽しみ、派手な仕掛けをしないと気が済まない性分を、持っているようです。その意味で、脅迫の材料でもある、昭和二十年の事件の犠牲者を追悼する特別列車は、ぴったりなのです。彼らは警察が張りめぐらせた罠かもしれないと怪しみつつ、スリルを味わいたい誘惑に駆られて、必ずや乗り込んでくる。私は、そう考えています。また、犯行グループは、深夜の両国駅3番ホームに忍び込んだりしたことから、ＪＲの内部に、協力者を持っている疑いもあります。それを確かめるためにも、桜内さんから『特別追悼列車の車内で、支払う』と提案してもらって、反応を探りたいのです」

十津川の頭には、昨年十一月に行われた、大相撲関連の旅イベントのこともあった。あの時も両国と館山の間を臨時特急が走り、渡辺千里が問題の指輪を持って乗車したのだが、千里は降り立った館山で、犯行グループに襲われ、指輪を奪われてしまった。この件を振り返ると、渡辺千里は、特別列車に乗っている時から、ずっと監視されていた疑いもあるのだ。十津川は、犯行グループにＪＲの関係者がいる、あるいはＪＲに相当強いコネクションがあるのではないかと、睨んでいた。そうしたこともあって、おそらく三月九日の特別追悼列車に紛れ込むことなどわけもないであろう杉山好市郎が、桜内明の提案に乗ってくることは十分にありうると、考えたのである。

桜内明は、少し考えてから、肯いた。

「わかりました。警部さんがそこまで仰るなら、すべてお任せします。ただ、父たちが終生守ろうとした秘密を、不名誉なかたちで、暴かれないようにしていただきたい。それが、私たち家族の、願いです」

十津川は力強く、

「必ず、秘密を守ったまま、犯人を逮捕します。お約束します」

と、言った。

4

翌日、十津川と亀井は、横浜近郊のB市役所に赴いた。山田和平の実弟で、杉山好市郎に昭和二十年三月九日の事件を漏らした疑いが極めて濃い人物、山田太洋の足跡を追うためである。

山田太洋が二年半前まで勤めていたB市役所の元上司によると、勤務態度にまったく問題はなく、まさか公金を着服しているとは、思いもよらなかったという。在籍したのは用地課で、市が取得する土地、建物などを調査し、補償額を算定するのが、主な業務だった。実直な性格を買われたからこその仕事であったが、横浜のホステスに出会ってしまったのが災いした。女に貢ぐために、山田太洋は補償額を少しずつ操作し、公金を着服していたのであった。

クビになった経緯はわかったが、不明なのは、山田太洋がどうやって、杉山好市郎の犯行グループと知り合ったのか、ということである。十津川は、杉山と接点を持ったのはB市役所を退職してから、と見ていた。在職している時は女に夢中で、恐喝話に乗っているどころではなかった、と考えたからである。

神奈川県警の協力で、山田太洋は、最近まで、横浜市青葉区《あおばく》内の賃貸マンションで暮らしていたことが判明した。十津川と亀井が気になったのは、山田太洋のカネの出所である。市役所を懲戒免職されて以降、新たな勤め先があったという話も出てきていないのに、横浜市内の、人気が高い居住区のマンションの家賃を、どうやって捻出できたのか？　その疑問を解くために、神奈川県警に連絡したうえで、とりあえず、件のマンションに行ってみることにしたのである。

「警部。山田太洋がクビになったのが二年半前。杉山好市郎が『秘密結社を作った』

などと言ってランの紋様の指輪をはめはじめ、会社を辞めたのが二年三ヵ月前。私は、二人がこの頃に出会ったのだと思います」

「うん。私もそう思っている」

「桜内明氏の証言では、恐喝が始まったのは、昨年九月頃といいます。そうなると、山田太洋と出会ってから二年弱もの間、杉山は鳴りを潜めていたことになりますが、これは、どういうことなのでしょうか？」

「おそらく、杉山は、山田太洋と知り合ってすぐに、昭和二十年三月九日の事件のことを、聞いたんだろう。それが恐喝のネタになることに気づいたが、まずは『仲間の証《あかし》に指輪を作ろう』と持ちかけた。あの、ランの紋様の指輪のことだよ。この時点では、犯罪への関心が強いことは、明かさなかったはずだ。知り合って、まだ日が浅いからね。そして、山田太洋を犯行グループに取り込むために、二年もの時間を、じっくりと、かけたのではないかな。私はこの間に、山田太洋を別の恐喝行為に関わらせて、足抜けできないようにしたとも、考えている。それが、マンションの賃料などに充てる、山田太洋の収入源だったと考えれば、合点《がてん》がいく」

「なるほど。そうやって、杉山は去年の九月に、満を持して桜内明氏への脅しを始めた。そして、恐喝が本気であることを示すために、十月には、深夜の両国駅3番ホームで、昭和二十年三月九日の事件を知っているぞと示すための狂言芝居を演じてみせて、不特定多数の人々の間で、噂になることを目論んだ。それをたまたま目撃したのが、宮田典君だった。そういうわけですね」

「大筋では、そのとおりだろうね。去年の十月の狂言芝居はまったく話題にならなかったが、運が悪いというか、宮田君が食いついてしまって、結局は命を落としたんだな。関わってはいけないと、何度も、警告したのに」

十津川は、そう言って、苦虫を嚙みつぶしたような表情を浮かべた。

山田太洋が借りていたマンションに着くと、管理会社の担当者が、十津川たちを、待ち受けていた。

八階建ての、洒落《しゃれ》た感じのデザイナーズ・マンションである。しかも、山田太洋の自宅は、最上階の角部屋である。とてもではないが、勤め先をクビになり、定職のない人間が借りられる住まいではない。

二十代後半と思《おぼ》しき、管理会社の担当者が、十津川に、言った。

「神奈川県警の方から、お話は伺っています。こちらも、山田さんが急にいなくなって、困っていたんですよ」

「急にというと、正確には、いつから行方が摑めなくなったんですか？」

「ポストの郵便物が回収されなくなった時期から推測すると、去年の暮れ、一ヵ月ちょっとくらい前からです」

「どうして、山田さんの異変に、気づいたのですか？」

「先月の家賃が、振り込まれていなかったからです。普通、ひと月分の家賃が未納だったくらいでは、そんなに問題視はしません。でも、山田さんは、これまでにも何度か、家賃滞納をくり返していましてね。われわれの業界でいう〝ブラック〟扱いなんです。そういう人の場合、未納となったら社内のオンライン・システムで、アラート・サインが出るようになっています。今回の場合も、一月十日の家賃振込日に未納だったため、すぐに山田さんと連絡を取ろうとしたのですが、携帯電話も何もかも、通じないままになっているんですよ」

「山田さんの部屋は、どうなっているんですか？」

「一月の半ばに業者を入れて、一切合切整理して、私物は貸し倉庫に保管してもらっています。度重なる未納ですから、賃貸借契約は解除ということで。ちょうど、新たな借り手を探そうと、考えていたところでした。ただ、困ったこともありましてね」

「困ったこと？」

「ええ。山田さんは、生き物を飼っていたんですよ」

「犬とか猫とか？」

「いいえ。メダカなんですよ」

担当者は笑ったが、十津川と亀井は目を光らせた。ついに、杉山好市郎と山田太洋の接点が、見えてきたのだ。

「メダカですか。もう少し、詳しく、教えていただけますか？」

「警部さんもご存じかと思いますが、最近、メダカの飼育がブームになっているんです。山田さんも、メダカを飼って高値で売ることをやっていたようで、部屋には立派な水槽が四個も、五個もありました。山田さんがひょっこり戻ってきた時、契約違反だから出ていってほしい、私物は貸し倉庫にあるとは言えます。でも、生き物を処分したとまでは言えないでしょう？　後で訴えられても、困りますし。だから、僕が会社に引き取って、メダカの世話をしているんですよ」

「そのメダカを、見せてもらっても、いいですか？」

担当者の案内で、マンション管理会社に足を運ぶと、たしかにメダカの水槽が五つあり、メダカが群れを成して、泳いでいた。十津川が、担当者に、きいた。

「山田さんは、メダカを飼って、高値で売ろうとしていたと言いましたね」

「おそらく。断言はできませんが、そういうことが流行っているのは事実ですよ」

「本格的に飼うとなると、水質とか餌とか、管理が難しいでしょう。山田さんの自宅には、メダカの専門誌があったんじゃないですか？」

「さすがは警部さん、よくわかりますね。ええ。専門誌が、ありましたよ。僕も、拝借して読んでいます。メダカを殺しちゃいけないと思いましてね、何冊かここに持って来て、飼育の参考にしているんです。でも、なかなか、難しいですよ。昨日も、三匹死なせてしまいました」

そう言いながら担当者が差し出したのは、あの『メダカ通信』であった。

〈やっぱりな〉

十津川と亀井は、顔を見合わせて、肯いた。

杉山好市郎と山田太洋には、メダカ飼育という共通の趣味があり、しかも両者ともに、『メダカ通信』の購読者だったのだ。亡くなった宮田典も同じだったから、もしかしたら、三人とも、この雑誌が接点だったのかもしれない。

今一度、『メダカ通信』の出版社「日本メダカ通信社」に行ってみる必要がある。

十津川と亀井は、マンション管理会社の担当者に礼を述べると、足早に、新宿三丁目へ向かった。

5

数時間後、「日本メダカ通信社」で『メダカ通信』の定期購読者名簿を見せてもらうと、杉山好市郎の名前の他にも、たしかに山田太洋の名前があった。編集長によると、杉山好市郎は八年前から、山田太洋は四年前から、定期購読をしていたという。

「読者間の交流がどうなっているのか、こちらでわかりますか？　もしくは、編集部で主催する交流イベントなどがあるのですか？」

亀井がきくと、編集長は、

「読者投稿のページがあって、ペンネームで投稿される方が多いんです。その人に連絡を取りたいから、どうしたらいいかときかれることが年に何回かあるくらいで、私たちが仲を取り持つことは、ほとんどありません。その代わり、毎年秋に二泊三日の行程で、編集部主催の旅行イベントをやっています」

と、答えた。

「どこに行くのですか？」

「日本全国、さまざまです。メダカがいるという情報をもとにして、探しに行くんです」

「だいたい何人くらい、参加するのですか？」

「最大募集人員は三十人です。以前は十人くらいだったこともありますが、ここ数年はメダカがひそかなブームになっているので、三十人に設定していないと、参加希望者が溢れてしまうんですよ」

そこまで聞いてから、今度は十津川が、

「ここ数年の、イベントに参加した人たちの名簿がありますか？　それに、イベント中の写真も、あるでしょうか？」

ときくと、編集長は部下に「イベントの参加者名簿と写真フォルダー、持ってきて」と声をかけながら、言った。

「お安いご用です。今、持ってこさせます。イベントが終わると、購入を希望される方の人数に応じて、簡単なアルバムを作っているんです。これがけっこう、売れるんですよね」

十津川と亀井は、まず、参加者名簿の一覧を、チェックした。すると、三年前と二年前のリストに、杉山好市郎と山田太洋の名前があった。二人の男が直に会っていたことを示す物証が、初めて見つかったのだ。杉山は、五年前と四年前にも参加しており、このイベントの常連だったらしい。

　湧き上がる興奮を抑えながら、次に、それぞれのイベント中に撮影された、写真のフォルダーを調べた。入手していた杉山好市郎と山田太洋の顔写真と、フォルダーの写真を、丹念に見比べてみると、二人が一緒に写っている写真は、全部で五枚あった。

　興味深いのは、写り方が、三年前と二年前のそれでは、まったく違うことだった。三年前に撮影した二枚の写真は、たまたま同じ場にいただけのようで、二人とも、別々の方向を向いている。ところが、二年前の写真三枚では、いかにも親しげな様子で、隣り合っているのだ。

　亀井が上ずった口調で、言った。

「警部。この写真を見ると、杉山と山田は、三年前の時点では特に親しい関係ではなかったのに、それから一年の間に、急速に接近したようですね。それは、二人の身辺に変化があったことと、一致します」

「そのように見て、間違いないだろう。……ん？」

「どうしました？」

「今、初めて気づいたんだが、この五枚の写真には、同じ女が、写っているんじゃないか？」

そう言って、十津川は、一人の女を、指さした。

背丈《せたけ》は百五十五センチ前後、痩せぎすで、二十代後半と思しき女性である。五枚の写真のうち四枚は、誰かと話している様子のものだが、常に杉山の近くにいるように感じられる。

問題は、残り一枚の写真である。二年前のもので、杉山好市郎と山田太洋が肩を組んで微笑んでいる姿を、『メダカ通信』のカメラマンが離れたところから望遠レンズで撮ったようだ。その写真の片隅に、例の女の後ろ姿があり、彼女はどうやら、デジタルカメラを、二人に向けているらしいのだ。

「警部。髪型を見てみると、ここに写っているのも、問題の女と同一人物ですね。彼女が撮っているのは、杉山と山田のツーショットではないですか？」

「そのようだな。どうやら、この女は、杉山好市郎と山田太洋が親しいことを示す、証拠写真を撮っているようにも、見えるな。杉山にとって山田太洋が、向こうから飛び込んできた、金儲《かねもう》けのタネだったとしよう。だとすれば、絶対に逃がさないように、手を打つだろう。二年前のイベント旅行で、杉山はそのための証拠写真を、女に命じて撮らせていたんじゃないか？　この女が何者なのか、素性を洗う必要があるな」

十津川はそう言うと、杉山が参加していた五年前から二年前までの名簿と写真を、もう一度、調べはじめた。すると、杉山と例の女がツーショットで写っているものが、何枚もあったのだ。写真の様子からして、二人が極めて親密な関係にあることは、間違いないようだ。

名簿を照らし合わせると、若い女性の参加者がそれほど多くなかったことも幸いして、問題の女の名前は、すぐに判明した。

東京都中野区《なかのく》在住
斎藤加代《さいとうかよ》　二十七歳

住所を見ると、どうやらマンション住まいのようだ。この女が杉山グループの一員で、両国駅3番ホームで自作自演の芝居を演じた二人のうちの一人なのか？　十津川は、おそらくそうだろうと確信を持って、

「至急、北条君に、中野のマンションへ急行するよう、命じてくれ。ただし、杉山や山田太洋と同じく、すでに姿を消している可能性もある。その場合は、引き続き、斎

藤加代の周辺を捜査するようにと、伝えてほしい」

と、亀井に、言った。

十津川の予期したとおり、斎藤加代もまた、一ヵ月ほど前から自宅に戻らず、私物を置いたまま姿をくらましていた。だが、十津川は、十分な手ごたえを感じていた。杉山好市郎、山田太洋、そして斎藤加代と、徐々に犯行グループの素顔が見えてきたのだ。

〈それぞれの顔写真も得ることができたのは、大きな収穫だ。姿を消したというからには、杉山たちも、警察の手が迫っていることを、感じ取っているのだろう。少しずつではあるが、彼らを追い詰めているぞ〉

十津川がいよいよ確信を強めていると、二月二十日に桜内明から連絡が入った。

「犯人から電話がありました。どうやって調べたのかはわかりませんが、朝早く、妻の携帯電話に、非通知で、かかってきました」

「そうですか。逆探知をされないために、ありとあらゆる手段を取っているのでしょう。三月九日に走る特別列車の車内でカネを渡すと、男に告げましたか？」

「はい。男は少し考え込んだ様子でしたが、『いいだろう。受け渡しの手筈《てはず》は、追って連絡する。カネの用意をしておけ。お前の妻の携帯電話の番号を探ることなど、われわれにとっては朝飯前だ。それはわかっただろう。警察に通報するなど妙な動きを見せたら、お前も家族も、ただではおかないぞ』と言うなり、こちらの返事を聞く間もなく、電話を切ってしまいました。私はこうして警察に協力していますが、警部さん、本当に大丈夫でしょうか？」

「ご安心ください。人目にはついていませんが、皆さんの身辺を守るように、捜査員が二十四時間態勢で、厳重警戒をしています。桜内さんにはご苦労をおかけしますが、犯人逮捕のため、三月九日の計画に、ご協力をお願いします」

十津川はそう言って電話を切ったが、その四日後、犯行グループは奇襲をかけてきた。

両国駅の３番ホームには、一週間前から、三月九日に使用される特別追悼列車用の客車八両が、留置されていた。古い客車を豪華に改装したもので、前から三両目のサロンカーにはソファの他、喫茶コーナーを併設。そして、どの車両にも、戦時中の写真が大きく引き伸ばして飾られている。学童疎開の列車、深川R小学校の児童たちが疎開した千葉県館山市内の寺院、さらには特攻兵器『伏龍』の写真もある。主催者の老人たちは彼らなりに、昭和二十年三月九日の事件を、相当詳しく、調べているようだ。

その改装車両を、イベント当日までの間、出発駅の両国駅3番ホームに留置して、メディア取材の場に使うことにしていたわけだが、二月二十四日の深夜、突如サロンカーが白煙に包まれたのだ。

警報がけたたましく鳴り、消防車が何台も駆けつける、大騒動になった。しかし、白煙が広がるだけで、炎はまったく上がらない。消防隊員が調べると、サロンカーの車内に、時限式の発煙筒が置かれていたのであった。もちろん、何者かが、作為的に設置したものだ。二月二十四日まで、テレビ番組の撮影やら何やらで、多くの人間が出入りしていたため、いくらでも犯人が入り込む隙はあったのだが。

翌朝、十津川のもとへ、桜内明から急ぎの報《しら》せが入った。

「秘書室専用のパソコンに、犯人からのメールが、入っていました。どうやってメールアドレスを知ったのかは、わかりませんが。そこには、秘書にはわからないようにするためか、妙に丁寧な文面で、こうありました。『今年分の代金を、三月九日に頂戴することを、たしかに承りました。ただし、遅延などが生じた場合、遺憾ながら、お約束は履行されないものと、判断せざるをえません。ご不明な点がございましたら、都内の駅で起きますことを、ご注視ください』。そう書いてありました」

十津川は、電話口で、うめいた。〈都内の駅で起きますこと〉とは、昨夜、両国駅で起きた発煙筒騒動を指すと見て、間違いないだろう。特別追悼列車でカネの受け渡しをすることは了承した、ただし妙な動きを見せたら危害を加えてやるという、脅しを込めたデモンストレーションを、犯行グループはやってのけたと思われる。やはり、相当に手強い連中のようだ。

「桜内さん、不安に思われるお気持ちはわかりますが、三月九日までの、もう少しの辛抱です」

「私は何とか耐えられます。しかし、秘書たちに話が広がるとまずいので、彼らに何と言ったら、いいでしょうか？」

「桜内さんが個人的に、何かのイベントに関わっていることにしましょう。そして、この文面は、取引先が『都内の駅の催事場でちゃんとイベントをするから、不明な点があったら、確認のために、見届けてほしい。ただし、代金未納という事態は、絶対に避けてほしい』と言っている、ということにしませんか？」

「わかりました。そういうストーリーなら、社員から怪しまれずに、済むでしょう」

桜内明は、そう言って、電話を切った。

〈やはり、三月九日のＳＬ特別追悼列車の走る日が、大勝負になりそうだな〉

冬の陽光に照らされながら、十津川は口を真一文字に結んで、今後の方策を思案した。

第七章　三月九日夜の出発

1

ランの紋様の指輪をはめた、謎の犯行グループ。その全容が、少しずつではあるが、明らかになりつつある。

これまでに、三人を割り出すことには成功した。では、残るメンバーは、どうしたら、突き止めることができるのか？　ＳＬの特別追悼列車が走る、三月九日が近づくにつれて、捜査本部では、そのことが大きな問題となっていた。

会議を招集した十津川は、捜査員たちに向かって、言った。

「何としても、当日を迎えるまでに、残るメンバーの尻尾を捕まえなければならない。つねづね、言ってきたことだが、犯行グループは五人以上だと、私は考えている。三人はわかったが、まだ二人以上残っている。社会に不満を持っていて、カネが必要な人間。そういう漠然とした輪郭は、見える。だが、そこから先が、進まないのだ。二月二十四日の夜に発生した白煙筒騒動も、犯行グループによるものと見て、間違いないと思う。しかし、彼らは巧妙に忍び込む術を心得ているのか、いくら防犯カメラを見ても、犯人らしき人間が摑めなかった。ちなみに、メダカ愛好家の線は、ないようだ。亀井刑事と北条刑事が、杉山好市郎の写真が載っていた専門誌に協力してもらって、調べてくれたのだが、その雑誌の会員の中に、捜査の対象となるような人物は、見当たらなかった。そこで、この会議では、どうしたら残るメンバーを特定できるのか、諸君の考えを、聞きたいと思う。思い付きでも構わないから、何でも、発言してくれ」

十津川の言葉を受けて、捜査員たちはさまざまな考えを披瀝《ひれき》したが、これといったものは、なかなか出てこない。

すると、じっと考え込んでいた日下刑事が挙手して、口を開いた。

「警部、鉄道マニアをマークしてみては、いかがでしょうか？」

「どういうことだね？」

「この事件は、いつも鉄道がらみのものだと思います。そもそもの発端は、昭和二十年三月九日に両国駅のホームで起きた、二人の教師の射殺事件です。さらに、その事件を材料に恐喝するため、深夜に忍び込んで、暗闇で寸劇を演じてみせたのは、両国駅3番ホーム上でのこと。そして、渡辺千里さんが問題の指輪を持って、館山に向かい、現地で襲われた事件でも、両国発の特別列車の車内から、ずっと尾行していた疑いがあります。つまり、相当な鉄道マニアが、犯行グループに加わっていると、思えてならないのです」

「そうかもしれないが、鉄道ファン、鉄道マニアは、全国に何万人といるだろう。その大半は、鉄道がひたすら好きな、善良な人たちだ。その中から、凶悪な犯行に手を染める人間を見つけ出すのは、至難の業だよ？　そこのところは、どうなのかな」

十津川がそう言うと、日下刑事は腕組みをして黙ってしまったが、隣りにいた北条早苗刑事が、

「そうなると、プロかもしれません」

と、言った。

「プロ？」

「ええ。犯人は、一般の鉄道ファン以上に、鉄道事情に精通しているような気が、するのです。そうでなければ、両国駅の3番ホームに忍び込んだり、特別列車の車内に

紛れ込んだりといったことが、できるわけがないし、思いつくことさえ、しないでしょう。プロならではの発想だと、思います」

「なるほど。杉山と斎藤加代、山田太洋には、鉄道勤務の履歴がない。そうなると、まだ見ぬメンバーは、鉄道マンの可能性がある、ということだな」

十津川は、目を光らせた。

亀井も、深く、肯いた。

「警部。もっといえば、現役の鉄道マンではなく、何らかの事情で、クビになった人間ではないでしょうか？　犯人グループが桜内明氏への恐喝を始めたのは、昨年九月のことだったといいます。つまり、これまでに、半年もかかっているわけです。もしも、現役の鉄道マンが一味に加わっているなら、半年間もの間、職場の同僚にまったく気取《けど》られずに済むというのは、難しいでしょう。それに、鉄道マンは激務だと聞きますから、犯行の決行日に休みを取れるとは、限りません。その一方で、杉山らの仲間とすれば、年配の人間ではなく、二十代から、せいぜい三十代後半だと思われます。そのくらいの年代の鉄道マンで、しかも現役ではないとすると？」

亀井の問いかけに、北条刑事が、

「何らかの事情で、辞めさせられた人間、ですね。この時世で、安定した仕事といえる鉄道マンの職を、自分からわざわざ捨てるというのは、考えにくい。しかも、杉山のような恐喝犯の仲間になっているといえば、不祥事を起こしてクビになった人間と見るのが、妥当です」

と、力強く、言った。

捜査員たちが「たしかにそのとおり」「その線を徹底的に調べるべきだ」と口々に言いだすと、十津川は亀井に向かって、

「よし。至急、ＪＲと私鉄の各社に連絡をとって、過去十年間に不祥事を起こしてクビになった社員の有無と、解雇された理由が何であったのかを、調べてもらってくれ」

と、命じた。

幸いなことに、全国のＪＲ、私鉄が協力に応じ、数日後にはリストアップが終わった。その結果、六人の名前が挙がってきた。

⦿一人目　東北新幹線の運転士。

二度も運転中に居眠り。諭旨《ゆし》解雇。

⦿二人目　中部地方の第三セクター私鉄の車掌。

車内で乗客と喧嘩。相手を殴り、重傷を負わせて逮捕。懲戒解雇。

⦿三人目　都内の私鉄の駅員。

高校時代の仲間の不正乗車を手伝い、二年間にわたって三百四十万円の利益を受けた疑いで逮捕。懲戒解雇。

⦿四人目～六人目　いずれも千葉県内の私鉄社員。

共謀して、操車場構内の銅線を大量に売却した疑いで逮捕。懲戒解雇。

リストに目を通した十津川は、四人目から六人目の項に目を留めて、

「この三人組について、詳しいことが知りたい」

と、言った。

亀井が調べたところによると、三人が逮捕されたのは一年前のこと。判決はすでに出ており、反省していることと初犯であることを加味して、懲役一年、執行猶予三年で、確定している。

その氏名は、次のとおりである。

林《はやし》　嘉夫《よしお》（三十五歳）
高橋文彦《たかはしふみひこ》（三十六歳）
田辺《たなべ》　大《だい》（三十五歳）

このうち、林は保線区勤務で、信号設備や架線のほか、トンネルの壁面や橋梁《きょうりょう》といった、鉄道設備全般の保守を担当。高橋と田辺は操車場勤務で、車両の保守、点検、連結と切り離しに、従事していた。いずれも在職中は独身寮住まいで、その縁もあって仲が良かったという。

馘首《かくしゅ》されて以降のことも、徐々にわかってきた。

林は都内の月島《つきしま》、高橋は市川市内、田辺は浦安《うらやす》市内のワンルームマンションに居住。住まいの周辺を聞き込み捜査すると、どうやら再就職はできなかったらしく、肉体労働のアルバイトで糊口《ここう》をしのいでいたらしい。

興味深い共通点も浮かび上がってきた。マンションの管理人の証言を総合すると、三人とも、自室に私物を置いたまま戻ってきていない、というのである。それも、二月七日から八日にかけての、ほぼ同時期に、である。

杉山が自宅マンションに火を放って姿を消したのは、一月半ばのことである。山田太洋と斎藤加代が行方をくらましたのは、それぞれ昨年の暮れと一月中旬。六人ともに、ひと月半の間に、揃いも揃って行方不明となったのだ。

「警部。これは当たりですね。こんな偶然、あるわけがないですよ」

亀井は、興奮を抑えきれない様子で、言った。

十津川も〈さすがは亀井だな〉と感心しながら、

「私も、そう思う。この三人が勤務していた私鉄の本社に、これから行って、事情をきいてもいいだろうかと、尋ねてくれたまえ」

と、応じた。

三時間後、十津川と亀井は、千葉県P市内にある私鉄本社を訪問した。先方に、くれぐれも内密に、と伝えておいたのは、いうまでもない。

そして、問題の三人に関する書類、顔写真を受け取った。

三人とも県内の工業高校出身だが、姿恰好の特徴はバラバラである。

林は、体操部ではちょっとした名のある選手だったといい、筋肉質で顔立ちも精悍《せいかん》な印象だ。柔道の選手だったという高橋は、背は低いものの固太りした感じで、いかにも体力がありそうな体型。細目で丸顔、在職当時は坊主頭である。田辺は、彼ら二人とはまったく異なり、華奢《きゃしゃ》な体型で、色白の細面。いかにも文化系といった風貌だ。高校時代には、パソコン研究会と演劇部に所属していたという。

その後、十津川と亀井は、三人の勤務場所だった、保線区と操車場を見せてもらった。

「本社から、警部さんのお尋ねには、何でもお答えするようにと、命じられております。どうぞ、何でも仰ってください」

案内役の人事部長が、緊張した面持ちで、しどろもどろになって、言った。無理もない。元社員が捜査の対象となっているらしい、と聞かされているのである。

十津川と亀井は内心、苦笑しながら、構内を歩いてみた。

林の勤務場所だった保線区には、特に目を引くものは、なかった。

次に向かったのは、操車場である。

広い操車場だが、この私鉄も赤字が続いていて、路線の長さも、全盛期の三分の二になったという。敷地の半分近くは、動くことのなくなった旧型客車の置き場。車両の墓場と、いってもいい。

歩いているうちに、亀井が「おやっ」と声を漏らした。

「警部、お気づきになりましたか。あそこに見える旧型客車です」

「うん。私もちょうど、そう思っていたところだ。今度、ＳＬの特別追悼列車に使用されるものと、同じ車両だな」

「そのとおりです。イベントでは静岡《しずおか》県の大井川鐵道から借り受けていますが、元は昭和初期に鉄道省が製造した客車だったはずです。……ちょっと、いいですか？」

亀井は、案内役の人事部長を呼び止めた。

「あの客車はずいぶん古いものと見受けられますが、今も使っているのですか？」

「いいえ。廃車扱いになっています。つい一年半前までは、あの旧型車両も、現役で働いていたんですが」

人事部長はそう答えたものの、〈捜査に何の関係があるのだろう？〉と、いよいよ不安そうな表情を浮かべている。

そんな様子を見て、十津川が柔らかな口調で、

「珍しいものだから、ちょっと興味を持ちましてね。いつごろに製造されたのですか？」

と尋ねると、人事部長は少し安心した様子で、すらすらと説明した。

「昭和五年製です。あの客車は昭和四年から十年代前半までに量産されたもので、鉄道ファンの間で、大変に人気があるんです。このまま廃車にするのは残念なので、内

部を改装して、カフェにでもできないかと考えて、少しだけ改装してあります。よろしければ、中をご覧になりますか？」

「ぜひ、見せてください」

案内された旧型客車の基本構造は、特別追悼列車のそれと同じだった。ただ、こちらは、もともとの古い形式を残したままの改造である。木とニスの匂いがして、グリーンのビロードが敷いてある。座席の背もたれは、直角で固いまま。そして、網棚。文字どおりの網で作った棚である。昭和ロマンの雰囲気、そのままだ。

そんなこんなで話が弾んでいるうちに、人事部長が、ふと漏らした。

「そう言えば、あの三人は、しょっちゅう、つるんで飲みに、行っていたそうですよ」

「どこか、集まる店が、あったのですか？」

「独身寮から少し離れた場所に無人駅があって、そこの駅の近くに、ママが一人でやっている、スナックがあるんです。ウチの会社の人間が行っているという話は聞きませんけれど、周りには何もないので、行けば、すぐにわかりますよ」

と、教えてくれた。

店名は「多《た》あちゃん」だという。

さっそく、十津川は亀井と連れだって、その店に向かった。

着いたのは、夕方六時過ぎである。たしかに、無人駅の前に、ポツンと長屋仕立ての店舗がある。そこには三軒の店が並んでいた。屋号はそれぞれ、スナック「多あちゃん」、雀荘「ほん中《ちゅう》」、ラーメン屋「政《まさ》ちゃん」。このうち、灯りが点いているのは、「多あちゃん」だけである。

店内を覗いてみると、カウンターの中に、この店のママであろう三十代半ばと思しき女性がいて、客はいなかった。店に入ると、十津川と亀井は私鉄本社の社員と名乗り、何年かぶりに異動で本社勤務になったと、言った。

ママは、別に警戒する素振りもなく、招き入れてくれた。

聞けば、彼女の名前は「多江《たえ》」で、それで屋号が「多あちゃん」なのだという。

十津川と亀井はビールを注文し、しばらく談笑してから、例の三人の名前を挙げた。

「よく三人で、飲みに来ていたらしいね」

十津川がきくと、

「お客さん、あの人たちの知り合いなんだ。林さんって、顔が広いのね。時々、近所のカラオケ仲間だったという人だったり、別の店での飲み仲間だったという人が、ウチの店に来て、林さんの話で盛り上がったりするのよ」

彼女は、にこやかに答えた。飛び切りの美人というわけではないが、サバサバとした性格のようである。

今度は、亀井が、言った。

「知り合いっていうよりは、何年か前に、仕事で関わったことがある程度、だけどね。ウチの会社も、まあまあ社員の人数は多いから、部署が違うと、全然知らない人間もいるんだよ。ただ、まさか、あんな事件を起こすとはね。うちの車両基地でも、話題になったよ」

「まあ、お勘定さえ、ちゃんと払ってくれれば、こちらとしては、問題ありませんから。こんな田舎のスナックに来てくれるんだから、少しくらい事情がある人でも、全然構いませんよ」

十津川と亀井は、目を光らせた。彼女の話しぶりからすると、三人は今でも、この店に来ているらしい。

「彼らは最近も、ここへは来ているの?」

十津川が、ごく自然な調子で、しかし慎重にきいた。

三人組が直近《ちょっきん》で、いつ、ここに姿を現したのか？　それこそがイの一番にききたいことではあるが、ママに警戒されては、元も子もない。

はたして、彼女は、

「ええ。でも、三人とも、今はこの辺には住んでいないですからね。林さんは今も、よく来てくれますけどね」

と、答えた。

「へえ。高橋君と田辺君は？」

「時々ですね。つい一週間前、二月二十七日だったかな、その時には、高橋さんと田辺さんも一緒でしたよ。あの二人は三ヵ月ぶりで、ずいぶんご無沙汰だから、ビールを一杯ずつおごりなさいって、言ってやったわよ」

と、笑って答えた。

桜内明社長に頼んで、脅迫犯に〈特別追悼列車の車内で五千万円を渡す〉と伝えたのは二月二十日のことだ。その一週間後に、三人組は揃って、元の勤務先近くの、なじみの店に姿を現していたのだ。いったい、何のために？

「わざわざここまで、飲みに来るのかい？」

と、亀井が、きいた。

「ええ。いろいろあっても、長くいた土地だから、居心地がいいんじゃないかしら」

「ウチの会社の人たちとは、鉢合わせにならないの？」

「もともと、林さんたちと職場で一緒だった人たちは、この店には来ていないんですよ。本社の人たちなら、年に何回か、常連さんのお付き合いで来ますけどね。林さんたちの名前が出ても、あまりピンとこないみたい。林さんが言うには、本社の人間はエリートだから、俺たち末端の人間なんか、眼中にないんだろうって。あ、ごめんなさい。お客さんたちも、本社の人だったわね」

「気にしなくていいよ。こちらも、あまり彼らと親しいわけじゃないから。――でも、夜遅くなったら、帰れないだろうに。この辺りは終電が早いんだから」

亀井が言うと、彼女は事も無げに、

「それは大丈夫。時には泊まっていきますから」

と答えて、指を上にあげた。二階に泊まる部屋があるらしい。

「泊まるって、ママ目当てに？」

話を引っ張るために、亀井が、わざと茶化して、言う。

「いやなこと、おっしゃいますわね」

そう笑って言うと、彼女は、

「ご覧になります？　いいんですよ、ご遠慮なさらなくても。二階にあがれば、そんなに色っぽい話じゃないことが、わかりますから」

と、十津川たちを、誘《いざな》った。

2

急な階段を上がると、そこは、八畳の洋間に、台所とトイレに小さな浴槽がついた部屋であった。

部屋に入るなり、十津川は思わず、「あっ」と声を上げた。

その八畳にあったのは、Nゲージの巨大な鉄道模型だった。それは部屋のほとんどを占めるほどの大きさで、何台もの机にベニヤ板を敷き詰めたその上に、精巧なジオラマが作られていた。四方には椅子が置いてあって、その一つにはコントローラーがある。ここに坐って、列車を動かすのだろう。傍《そば》にはノート型パソコンもあり、何本ものコードが床下に垂れ下がっている。

また、部屋の隅には、シングルサイズのベッドもあった。彼女の言うとおり、林嘉夫はここで寝泊まりしているらしい。

ジオラマには、三本の列車が停まっていた。なかでも、十津川が注目したのは、SLと八両の客車からなる一編成であった。

亀井も気づいたらしく、

「あの列車ですよ」

と、小声で、言った。

間違いなく、あの特別追悼列車の模型だった。そのうえ、SLも八両の客車も、当日走る型のものとそっくりに作られている。

十津川は、わざと声のトーンを上げて、言った。

「これは素晴らしい。私も鉄道模型のファンでね。いくつもジオラマは見ているが、こんなに見事なものは、そうそうないよ」

「そうでしょう。常連さんたちとかも、これを見せると、みんな驚くんです。中には、ジオラマ公開って看板を出して、見学料を取ってもいいなんて人もいて。お客さんには動かしてもいいですよって言ってあるので、これを見たり、走らせたりしたいために、通ってくれるお客さんもいるんですよ。ジオラマ目的で来る一見《いちげん》さんも、だんだんと増えてきて、助かっています」

「三人が、自分たちでこれを作ったの？」

「ええ。半年くらい前からですかね。三人とも、根っからの鉄道ファンで、それが嵩じて鉄道会社に就職したというんですから、筋金入りですよね。特に、林さんは、〝撮り鉄〟とかではなくて、模型作りが好きなタイプなんですって。手先がよっぽど器用なんですね、何でも作れるそうですよ。三人でしょっちゅう集まって、鉄道模型を作っているとも、言っていましたね」

十津川と亀井は、改めてジオラマを見た。レールの構成は単純で、楕円形の環状線が内回りと外回りの一線ずつ敷かれているだけなのだが、立派な駅舎があったり、勾配のある坂路《はんろ》やトンネルがあったりと、ずいぶん凝った作りになっている。駅があるほうは都会風で、それがだんだんと海や山、川などといった田舎風の地帯を走るように設計されているのだ。

脇から、彼女が、言った。

「車両は高橋さんが選んで買ってきて、気に入ったのがなければ、自分で作ることもあるそうです。その他が、林さん担当なんですって。田辺さんは、パソコン関係らしいですよ。なんでも、ジオラマの本当のコツは、鉄道は当然として、周りの風景をどれだけ丁寧に作るかにあるんだって、林さんがしょっちゅう、言っています。ほら、駅ビルとか住宅地とかお店、それに港だったり道路だったりも、リアリティーがあるでしょ」

たしかにそれは、玄人《くろうと》はだしの出来映えだった。だが、なぜそこに、三月九日に走る特別追悼列車とまったく同じ車両があるのだろうか？　しかも、その客車は、今回のイベントのために、大井川鐵道の協力のもとで、大改装したもののはずだ。つまり、一般に市販されては、いないのだ。

〈どうやら、この特別列車の模型も、高橋による手作りのようだな。彼らはいったい、何を企んでいるのか？〉

十津川は、そう自問しながら、コントローラーに歩み寄った。そして、ママに「動かしてみてもいいか？」と断りを入れ、ＯＫをもらってから、三本の列車を動かしてみた。

一本は、例のＳＬ列車である。もう二本は、両方とも特急列車だった。

「ＳＬはわかるのですが、あとの二本は何でしょう？　付け足しでしょうか？」

亀井が小声できくと、十津川は、

「いや、違うね。見たところ、総武本線を走る『しおさい』と、京葉線から内房線経由で館山に向かう『さざなみ』じゃないかな」

と、言った。

『しおさい』は、東京駅地下ホームから錦糸町駅、船橋駅、千葉駅を通り、成田・銚子方面へ向かう列車だ。一方、『さざなみ』は、京葉線の東京駅発で海浜幕張《かいひんまくはり》駅を通り、千葉駅を経由することなく、蘇我駅から内房線に入って館山方面に向かう。さらに、土休日のみだが、新宿駅発で秋葉原駅経由、総武本線に入って千葉駅を通って蘇我駅へという運行の、『新宿さざなみ』もある。

この鉄道模型では、外回りをSLの列車が、内回りを『しおさい』と『さざなみ』が走っている。

やがて、十津川はおかしなことに気づいた。

内回りの特急は、停車することなく、ずっと快調に走り続けているのだが、SLは三周に一度のペースで、一時停車するのだ。停まった場所は、一回目は駅で、二回目は踏切の手前、三回目は海岸沿いの自動車道路の近くだった。

「なぜ、SLだけが停まるのかな」

十津川が呟くと、ママがジオラマを覗き込んで、

「ああ。これですね。ダイヤ運転システムっていうらしいですよ」

「ダイヤ運転？」

「ええ。田辺さんが言うには、パソコンで設定すると、本物の鉄道みたいに、何分ご

とに発車したり停車したりといった、運行ダイヤを作ることができるんだそうです。最近の鉄道模型は、すごいですよね」

彼女の説明によると、このジオラマでは、外回りを走る列車は、三周走るごとに、一定時間、一時停車する仕組みになっているという。たしかに、よく見てみると、外回りのほうにだけ、信号機が設置されている。その設置場所は、駅、踏切の手前、海岸沿い、トンネルの手前、橋の上、引き込み線の、合計六ヵ所だった。

「自動的に停まるだけではなく、駅なら五分、踏切なら一分といったように、一時停車する時間も、入力できるんですって。どんな仕組みか、私には、さっぱりわかりませんが」

と言って、彼女は肩をすくめた。

「六ヵ所に停まる様子を全部見ていたら、三十分はかかるね」

亀井が、呆れたように、言うと、

「ゆっくり走らせたら、四十分かしら。停まっている時間が一番長いのは、海の近くの八分間ですから。きれいな夕陽を特別列車から眺める設定なんですって。林さんたちは全然飽きない様子で、一週間前には、三人で四時間も遊んでいました」

彼女は、そう答えた。

亀井とママの会話を聞きながら、十津川は考え込んでいた。

桜内明社長に頼んで、脅迫犯に〈特別追悼列車の車内で五千万円を渡す〉と伝えたのは二月二十日のことだ。その一週間後に、三人組は、わざわざ旧型客車の模型を作ったうえで、ＳＬの列車をここで走らせていた。そこに何らかの意図があることは感じ取れるが、それはいったい、何なのか？

亀井が、彼女に、きいていた。

「あの三人は、今後の身の振り方について、何か言っていたの？」

「現実味のないことよ」

そう言って、彼女は笑った。

「三人で、近いうちに、この店舗全部を買い取るんですって。高橋さんがラーメン屋、田辺さんが雀荘で、林さんがこの店のオーナーになるんだそうよ。それで、三人仲良く、ずっと店をやるんだって。でも、こんな片田舎で商売をやったって、うまくいくわけがないわ」

「本気なのかな？」

「そんなわけはないと思うけど、手付金だとか言って、三人とも十万円ずつ払っていったんですよ。どこにそんなお金があるのかしらって、不思議だったわよ」

「林君の場合は、いずれはママと一緒になりたい、この店を一緒にやっていこうってことじゃないの」

亀井が、いかにも会社の先輩であるかのように、軽い調子できいた。彼女は、少しだけ笑ったが、

「そうでしょうかねえ。でも、向こうが本当はどう思っているのかなんて、わかりゃしませんよ。男なんて、いつも、そうなんだから」

と、目を伏せながら、ため息をついて、言った。

〈林嘉夫は、この女性と交際している可能性があるな〉

十津川はそう直感して、亀井に目配せをした。

その時、階下から人声がした。どうやら、常連客らしい。

彼女が、ごめんなさい、と断りを入れて降りて行った隙に、亀井は携帯電話のカメラ機能で、ジオラマを隅々まで撮影した。

撮り終わったところで、彼女が申し訳なさそうな顔をしながら上がってきて、

「お客様がいらしたので……」

と言うので、十津川と亀井は頃合よしと見て、

「いいものを見せてもらったよ。そろそろ帰るので、お勘定を」

と、告げた。

「ありがとうございます。林さんたちには、お客さんのことを伝えますか？」

「いや、言わないほうが、いいだろうね。元の勤務先、それも事情含みで辞めた会社の人間が、自分のなじみの店に来たと聞いても、決して気分はよくないだろうから。それが理由で、林君がこの店に来なくなったら、あなたに申し訳が立たない」

十津川がそう言うと、彼女はにっこり笑って、

「じゃあ、お客さんと林さんが出会って、知り合う時まで伏せておきますわね。私は歓迎しますから、これからも来てくださいね」

と、言った。

無人駅で電車を待ちながら、十津川と亀井は、今回の訪問でわかったことをすり合わせた。

「警部。この三人組が犯行グループに加わっていることは、間違いないようですね」

「そうだな。これだけ、偶然が揃うことはありえないだろう」

「杉山好市郎を含めて、六人の指名手配に、踏み切りますか？」

「いや、三月九日に逮捕することを目指したほうが、いいように思う。今、われわれ

が表立って動けば、杉山は報復のために、昭和二十年三月九日に起きた事件を、世間に暴露するだろう。それは、加害者である海軍将校たちの家族が、もっとも恐れていることでもある。それに、現段階では、犯行グループが六人いることまではわかっても、そのほかにもいるのかどうか、まだ摑めていない。全容を解明するためには、ここは耐えどころだと、私は思う」

「わかりました。『多あちゃん』のママは、どうしましょうか。林嘉夫が訪ねてきたり、電話をかけてきたりした場合に備えて、何か手を打っておきましょうか」

十津川はちょっと考えてから、言った。

「千葉県警に依頼して、あと四日間、三月九日までの間は、店の前をひそかに観察できるようにしてもらおう。ただし、林が姿を現しても、逮捕はせずに泳がせて、尾行するようにと言おう。あのママに関しては、それ以上は何もしなくていいだろう。彼女は、今回の事件とはまったくの、無関係にちがいない。もし、彼女が林に、われわれが店に来たことをしゃべったとしても、林は、われわれが警察の人間だと確かめる方法がないはずだ。それに、彼女はわれわれのことを言わないと思う。林を失いたくないだろうからね」

「彼女によれば、林たちは、近いうちに、あの三軒の店を買い取るつもりだと、言っていましたね」

「おそらく、今度の恐喝の、分け前が入ってくることを考えて、そう言ったのだろうな」

「林も、罪な男ですね。あのママは、純粋に、林と一緒に店をやっていけるかもしれないと、夢見ているのに」

「それは当分、叶わない夢になるだろうな」

十津川は、厳しい表情で、無人駅から見える「多あちゃん」の店舗を振り返った。

定刻どおり到着した電車に乗って、二人は話を続けた。地方の私鉄の、午後八時近くとあって、車内は乗客もまばらだ。

ボックス型の席に座ってしばらくの間、十津川は、夜景を眺めながら、考え込んでいた。

「警部。何か、気になることでも?」

「ああ。単なる偶然かもしれないが、ひとつ、あるんだ」

「といいますと?」

「ああ。あのSLは、停車時間が設定されていた。覚えているだろうか、駅では五分間、停まることになっていた」

「たしかに、そうでした」

「三月九日に走る、特別追悼列車の運行ダイヤが、わかるか？」

「はい。列車は、昭和二十年当時と同じく、両国駅を午後十時四十分に出発。まだ、総武本線を電車が走っている時間帯ですから、途中、待避線にも入りながら、ゆっくり走行して、午後十一時四十分に、千葉駅に着きます」

亀井が、手帳に挟んである資料を確認しながら、言う。

「両国から千葉までが一時間というと、普段走っている総武線快速の、倍近くの時間がかかる、というわけだな」

「そのとおりです。千葉駅でダイヤ調整のために一時停車して、午後十一時四十五分に出発。あとはどこにも停まらず時速四十キロのペースで走り、内房線を通って、終点の館山には午前二時に到着予定となります」

「それは、一般にも発表されているんだね？」

「ええ。両国駅の3番ホームでは盛大な出発セレモニーがありますし、一時停車する千葉駅でも、プラットホームの何ヵ所かを撮影用に開放するそうです」

「そこなんだ。千葉駅で一時停車するのは五分間。そして、あのジオラマで、ＳＬの列車が駅に停まるのも五分間と設定されていた。これが偶然だろうかと、考えていたんだ」

亀井が驚いて、

「では、あのジオラマの駅は、三月九日の千葉駅を想定したものではないかと?」

と言うと、十津川は、

「その可能性も、捨てきれない。ただ、もう少し、確証がほしいんだ。何か思い当たることがあるかね?」

と尋ねた。亀井はちょっと考えてから、「もしかしたら」と呟いて車内の隅に行き、どこかへ携帯電話をかけ始めた。乗客が少ないので、注意されることはなかった。

戻ってきた亀井は、十津川に、上ずった口調で、言った。

「やはり千葉駅と思われます。ジオラマには、房総特急の『さざなみ』と『しおさい』の模型もありました。あれがヒントになると思います」

「なぜかね?」

「先ほど、JR東日本に確認したところ、千葉駅では、SLの特別列車がたった五分しか停まらないのは、集まってくれる鉄道ファンに悪いだろうということで、房総特急の特別撮影会もやるのだそうです。時間は午後九時から午後十一時。その対象は『さざなみ』と『しおさい』、それに外房線を走る『わかしお』と、二〇一五年まで運行していた『あやめ』の四本です」

「その四本は、千葉駅の、どのホームに入線するのだ？」

「SLが入ってくるホームの、向かい側の島です。まだ乗降客が多い時間帯なので、ダイヤの隙間を縫って、一本ずつ入り、十五分くらい停まることをくり返すそうですが、『さざなみ』と『しおさい』は並んで停車するといいます。警部、林たちがジオラマに『さざなみ』と『しおさい』の模型を持ってきたのは、当日の様子を具体的に想定するためで、単純に遊ぶためではないと見て、間違いないですね」

「うむ。奴らは、千葉駅で何らかのアクションを起こそうとしているようだな。無論、検討しているだけで、実行に移さないのかもしれないが、あのジオラマに、そのような意味があることがわかったのは収穫だ。捜査本部に戻ったら、写真を詳しく分析してみよう」

十津川は、力強く、そう言った。

3

翌日の昼、十津川は、中根敬教授の研究室を訪れていた。

昨晩、捜査本部に戻ると、中根教授から電話がかかってきたのだ。久しぶりの連絡である。中根教授は無沙汰を詫びると、急な申し出で恐縮だが、大学の研究室にお越し願えないかと、切り出した。

「倉田かずこさんと会っていただきたいのです。教え子を通じて、彼女と連絡を取るようになっているのですが、どうしても、十津川さんに話したいことがあるんだそうです」

そこで、撮影したジオラマの分析は亀井に任せて、十津川は中根教授のもとに向かうことにしたのであった。

「十津川さん、お久しぶりです」

中根教授はにこやかに応じて、十津川を研究室に招き入れると、こう語った。

「存命の方々ひとりひとりの歩んだ道のりに関わることとなると、本当に難しいものですね。今回、昭和二十年三月九日に起きた事件の解明に、私も関わらせていただきましたが、研究を進めれば進めるほど、歴史の闇の中に伏せたままでいることを望まれる方がいたり、結果的に心を傷つけてしまうことになったりして、板挟みのような気持ちになりました。特に、教え子を通じて、この倉田かずこさんから直接話を聞くようになると、一時は自分がどうしたらいいのか、わからなくなりました。近現代史の研究家として、こんなことじゃいけないとは思うのですが」

「先生をそこまで追い込んでしまい、申し訳ございません。ただ、われわれとしては本当に助かりました。先生のご尽力がなければ、この事件の捜査は一歩も進まなかったでしょう」

「いいえ。事件解決のために、つらい事実からも目を背けず、関係者の人たちと向き合う十津川さんたちの姿勢には、心から敬意を表します。私は、今では本当にいい経験をさせてもらったと思っています。——ところで、今日お越しいただいたのは、倉田かずこさんのたっての願いで、三日後の追悼式典の前に、ぜひお話をしたいそうなんです。内容が捜査にも関わることというので、私は別室におります。終わりましたら、呼んでください」

こう言って、中根教授は退室した。

倉田かずことは、約一ヵ月前、二月九日に桜商事の貴賓室で会って以来である。その時のやりとりを、彼女も直に聞いていたので、事件の経緯を説明する必要はなかった。

彼女は、言った。

「あの時、桜内さんが警部さんに、〝秘密〟を不名誉なかたちで暴かれないようにしてほしい、それが私たち家族の願いだ、と言ったのを、覚えていらっしゃいますか？」

「ええ。しっかり覚えていますよ」

倉田かずこは深く肯いて、続けた。

「警部さんは、必ず、秘密を守ったまま、犯人を逮捕しますと、仰ってくださいました。それは、私たち家族が一致団結して犯人逮捕へ向けて動き出すためにも、本当に心強く、嬉しかったです。ただ、私はそれからいろいろ考えたんです。警部さんのお約束が、かえって捜査の障害になってしまうんじゃないかって」

「というと？」

「冷静に考えると、犯人を逮捕できて、法の裁きに委ねたとしても、犯人が裁判であの秘密を暴露する可能性は十分あります。いえ、絶対に暴露することでしょう。そうなった時に、私はどういう気持ちになるだろうかと考えました。警部さんが約束を破ったと思うだろうか？　いいえ、決して、そうではありません。祖父が犯した罪は罪として、それは私たち家族も、受け止めなければなりません。それが、被害者の二人の先生たちへの、せめてもの償いになると思います。それに、警部さんは『秘密を守ったまま逮捕する』と仰ったのであって、裁判が始まってからのことを警部さんの責任として負わせてしまったら、筋違いなことになってしまいます。今、一番許してはならないのは、人の弱みに付け込んで、金品をせびり取ろうとする犯人です。そうした悪人たちを逮捕するためなら、警部さんたちに足枷《あしかせ》をはめるようなことをしてはならないと思います。私たち家族のことをお気にすることなく、ぜひ犯人を逮捕してください。そのことを、何としても、警部さんにお伝えしたかったのです」

十津川は、〈なんて、真っすぐな子なのだろう〉と感動を覚えながら、倉田かずこに向かって、力強く肯いた。

「ありがとうございます。そう言っていただけると、本当に助かります。改めて、犯人逮捕を、必ず、お約束します」

「ぜひお願いいたします。このことは、祖母と十分に話し合って、了解を得ていますし、山田和平さんからも『自分の弟の不始末から始まったも同然なので、山田家から申し上げることは何もありません。すべて警部さんにお任せします』との言葉を受けています。桜内さんは年長の方ですし、私たちとは少し違う感情をお持ちなのかもしれません。でも、何かありましたら、私たち倉田家と山田家から誠意をもって話しますので、どうぞご安心ください」

倉田かずこはそう言うと、肩の荷が下りたかのように、初めて表情を和らげた。

そして、いよいよ三月九日の、イベント当日を迎えた。

その日の早朝、捜査本部に詰めている十津川のもとへ、桜内明から「大至急」という電話がかかってきた。

十津川が電話を取ると、桜内明が、言った。

「先ほど、妻の携帯電話に、また犯人から、電話がありました」

「声は、前と同じ男のもの、でしたか？」

「はい。男は『逆探知をしても無駄だ』と言って笑ってから、こう言いました。『五千万円は二つのボストンバッグに分けて入れろ。そして、それは列車の最後尾にある、荷物車に置いておけ。それをどうするかは、追って連絡する。今日と明日の二日間は、この妻の携帯電話を、お前が借りて持っていろ』と。私は荷物車のことを知らないので、『それはなんだ？』ときいたら、馬鹿にしたような口調で、『今回の列車には、荷物専用車があって、お前たち乗客が座る指定席の座席番号を割り振った、荷物棚が設置されることになっているんだ。もちろん、お前の座席番号は知っている。恐喝のプロは、情報と準備が命だからな。ボストンバッグの中身を新聞紙にするような、愚かな真似はするな。そんなことをしたら、問答無用で、世間に〝秘密〟をぶちまける』と、言われました」

「ちょっと、待ってください。確認して、かけ直します」

十津川はそう言って、北条刑事に、特別追悼列車の編成を確認させた。

たしかに、最後尾が荷物車になっている。荷物棚の件も、犯人の言うとおりだ。この列車は、今後も観光列車として使われる予定であるという。観光列車の場合、往々にして、遠方から来る乗客のキャリーバッグなどがぶつかってトラブルになるため、専用の荷物車を併結することにしたという。

北条刑事が、困惑した顔で、言った。

「大井川鐵道とイベント事務局にきいたのですが、どちらも『ボストンバッグは荷物車に入れてもらわないと困る。例外を許したら、ほかのお客さんからの苦情に対応できない』との一点張りなんです。警部も桜内さんも、ごく一部の人以外には、身元を隠して乗るんですよね？　ですから、じつは警察です、といえなくて、にっちもさっちも行かないんです」

「わかった。それは、私のほうで考える」

十津川はそう言って、頭を抱えた。

何度かの交渉の末に、この列車には、十津川と亀井、渡辺千里、そして桜内明とその秘書が乗ることで、事務局の代表たちの内諾を得ていた。ただし、深川R小学校のOBでもある代表たちの心情に配慮して、桜内明が加害者である将校の息子であることとは伏せている。また、十津川と亀井が警視庁の者であることは、列車のスタッフのうち運転士と車掌だけに、出発間際に伝えることになっていた。そうした状況で、桜内明のボストンバッグだけを荷物車から出しておくのは、周りの目を考えると、なんとも具合が悪い。

やむなく、亀井と相談したうえで、十津川はボストンバッグを荷物車に置くことに決めた。その代わり、事務局代表のひとりである青田宏に了解を取って、荷物車に見張り役として捜査員三人を入れてもらうことにした。もちろん、捜査員三人は民間人を装って、のことだ。

その日の夜十時四十分、特別追悼列車は、定刻どおり、両国駅3番ホームを出発した。午後十時から始まった盛大な出発セレモニーは生中継され、眩《まばゆ》いばかりのフラッシュに包まれながら、ＳＬは旅立って行った。

さすがに、この状況では、杉山たちも仕掛けてはこないだろう。十津川と亀井は、気を張りながらも、少し気易く構えていた。

客車はすべてグリーン車仕様の豪華列車で、一両目と二両目が指定席。中央の三両目がサロンカー。ここがイベント・スペース兼バー・カウンターとなる。そして、四両目から六両目は、写真パネルや疎開先での記録などを並べた展示室。七両目が資料映像を流すスペースで、映画館並みの設備を誇る。最後尾の八両目は荷物専用車である。

特徴的なのは、各車両のデッキがすべて、ホームを乗降する階段と手すり、それに屋根だけで、車両と車両の間をつなぐ幌《ほろ》がないことだ。昭和三十年代まで東海道・山陽線で走っていた豪華特急列車の展望車のデッキが、各車両の両端にあるというイメージである。車両間の移動は、各々の車両についている開閉式の鉄柵を開き、そこに渡した頑丈な鉄板の上を歩くことになる。夏場はデッキに出て外気に当たるのも心地いいが、さすがに三月上旬の今は、寒くて誰もいない。

イベントのプログラムは、出発時刻の午後十時四十分から、千葉駅到着の午後十一時四十分までの「第一部」が、七十三年前の昭和二十年三月九日の夜に何が起きたのか、なぜ悲劇が起きたのか、そして図らずも同乗した特攻隊と特攻兵器の概説とその運命についての、討論会である。「第二部」は、千葉駅を出発する午後十一時四十五分から約一時間、追悼記念の音楽会。射殺された二人の教師の遺族と、深川R小学校の卒業生の孫たちによる、クラシック音楽の演奏を聴くという趣向である。最後が、午前一時過ぎからの「豪華列車ができるまで」というトークショーになっている。

桜内明は、さすがに固い表情である。犯人との接触が迫っているうえに、父親が殺《あや》めてしまった教師二人の遺族と、その関係者たちを囲むイベントに、足を踏み入れているのだ。

「言い方はおかしいのですが、四面楚歌というか、敵陣に紛れ込んでしまったというか、とにかく複雑な気持ちです」

出発四時間前に警視庁で合流した桜内明は、開口一番、十津川にそう言った。ボストンバッグを二つ、秘書に持たせている。これを荷物車に置かなくてはならないことについては、「手元にないほうが、かえって気が楽です」と、快諾してくれた。

青田宏ら事務局には、昭和二十年三月九日に誰が凶行に及んだのか、すなわち桜内・倉田・山田の三人の将校が容疑者であることを、十津川はあえて伝えていなかった。したがって、桜内明が父親の名前を、このイベントで耳にすることはないはずだった。その一点に賭けて、十津川は、館山までの道中、桜内明とともに、なるべくサロンカーに居続けるつもりだった。そうでなければ、じつは部外者であることが、明らかになってしまいかねないからだ。

「桜内さん、お気持ちは察しますが、イベントにお付き合いください」

十津川がそう言うと、桜内明は、

「大丈夫です。卑劣な犯人を逮捕するためなら、何でも協力します」

と、きっぱりと、言い切った。

一方、亡くなった宮田典の恋人だった渡辺千里も、打ち合わせどおり乗車した。

渡辺千里には、イベント参加者や野次馬の中に、館山で襲われた際に見かけた人物が紛れていないかを、確かめてもらうことになっており、傍には亀井をつけた。

出発後、しばらくしてから渡辺千里のもとへ行くと、彼女は首を振って、

「両国駅では、それらしき人は見かけませんでした。車内にも、怪しい人はいないようです」

と、答えた。

特別追悼列車は、市川駅、船橋駅を通って、午後十一時四十分に千葉駅へ滑り込ん

だ。

千葉駅では、たった五分間の一時停車だが、鉄道ファンが雲霞《うんか》のごとく押し寄せていた。写真を撮りたいのはもちろん、指先でもいいから車体に触ってみたいというファンもいて、ホームは大混雑である。

千葉駅に到着する直前、第一部のイベントが終わり、第二部のセッティング作業が始まったことから、十津川と亀井、桜内明とその秘書、渡辺千里の五人は、渡辺千里の座席がある三号車に移ってきた。

千葉駅での喧騒は窓越しに見ていたが、千葉駅からの出発間際に、渡辺千里が「あら？」と声を上げた。

「どうしましたか？」

亀井が訊くと、渡辺千里は首を傾げて、

「今、後ろの車両のほうに向かって行った女の人、どこかで見たような……。誰だったかな……」

と、考え込んでいるうちに、列車は並みいる鉄道ファンを振り切るかのように、汽笛を鳴らしながら千葉駅を発った。

4

第二部のコンサートが、大きな拍手に包まれて終わったのは、午前一時頃である。

次の催しは、追悼イベントとは趣向を変えて、大井川鐵道の社員と鉄道好きタレントによる、旧型客車がこの豪華列車に生まれ変わるまでをテーマとした、トークショーである。その準備のための空き時間で、十津川は、バー・カウンターにいる女性スタッフに、

「今は、どのあたりを走っていますか？」

と、きいた。

女性スタッフは、左手の上にあるデジタル時計で、時刻を確認してから、

「君津《きみつ》を過ぎたあたりですね。列車はここから、南房総の山間《やまあい》に入って行きますよ。ほら、外を見ると、市街地の灯りが、だんだんと少なくなっていくでしょう。進行方向右手のほうには、東京湾が広がっています。二十分くらい経ったら、右側の席に坐ってみてください。今日は天気が悪くないから、海の夜景が見えるかもしれませんよ」

と、にこやかに、言った。十津川が刑事であることを知らされていないので、乗客のひとりと思っているようだ。

女性スタッフの言ったとおり、列車は田園地帯に入ったようで、次第にローカル色を増していくのが、夜目にもわかる。

いつの間にか、線路は単線になっている。内房線は、君津駅までは複線で、そこから先の館山や安房《あわ》鴨川《かもがわ》までは単線となる。君津駅が南房総の〃境界地点〃で、単線区間の君津以南は、電車の本数がガクッと減るのだ。

十津川の脇に寄ってきた桜内明は、周りの乗客に気取られないように、わざと笑みを浮かべて歓談するふりをしながら、

「男からの連絡は、何もありません。彼らは、本当に、五千万円を受け取りに来るのでしょうか。まさか、列車を爆破するつもりじゃないでしょうね？　私は、ここにいるたくさんの人々が無事であってくれさえすれば、五千万円くらい取られても構わない、という気持ちになってきました」

と、不安げな声で、言った。

「桜内さん。杉山たちは、ここまでは何も仕掛けてきませんでした。列車が市街地を抜けた、これからが勝負だと思います。この列車に異変が起きれば、すぐに機関士と

車掌から連絡が来る手筈になっていますから、ご安心ください」

十津川は、そう言って、亀井に目配せをした。亀井は緊張のためか、三月なのに、額にうっすらと汗をかいている。


じつは、追悼記念イベントの前日、十津川は、三上本部長に急ぎ会議を開いてもらうように要請して、捜査態勢を整えていた。

会議の冒頭で、十津川は、こう言った。

「諸君に、重要な報告がある。これから話すことは、くれぐれも極秘としてほしい。三日前の三月五日、私と亀井は、犯行グループの残る一味のうち、三人の手掛かりを摑んだ」

事前に知らせておいた三上本部長、日下刑事、北条刑事ら十人ほどを除いて、多くの捜査員たちからどよめきが起きた。

十津川は、林嘉夫、高橋文彦、田辺大の顔写真と関係書類を各人に配るとともに、スナック「多あちゃん」で見たジオラマのことを説明した。ジオラマの詳細は、亀井が撮った写真とともに、詳しく書いてある。

「これらをもとに、私の考えを述べる。私は、犯人たちがこのジオラマをもとに、当日の動きをシミュレーションしていたものと思う。つまり、特別追悼列車が走っている間、もしくは停まっている間に、どうやって五千万円を受け取り、逃走するのかを、鉄道模型を使って、考えていたのだ。資料にも書いてあるとおり、このジオラマでは、SLは駅で五分間、停車するのをはじめ、合計六ヵ所で停まる仕組みに、なっている。一方、実際の運行ダイヤを見ると、千葉駅に一時停車するのは、やはり五分間だ。ここから推測するに――大胆すぎる仮説かもしれないが――犯人は、千葉駅をはじめとして、ジオラマにある残りの五ヵ所の停車ポイント、すなわち踏切の手前、海岸沿い、トンネルの手前、橋の上、引き込み線を、決行の舞台に挙げて、研究していたにちがいない。私は、犯人の研究の跡を逆手にとって、これらの地点に罠を仕掛けたいと思う。ちなみに、現時点で指名手配に踏み切らないという判断に至った理由は、その資料に書いてある」

十津川がそう言うと、会議場のあちこちから、さまざまな声が次々と上がった。

「そうなると、犯人はこれら五ヵ所の地点のどこかで、何らかの方法を用いて列車を一時停車させ、五千万円を盗み出そうとしている、ということなのか？」

「もしも、そうだとしても、両国駅から館山駅までの、すべての該当箇所を調べて、捜査員を張り付かせることは、人員面からいって、不可能なのではないか？」

「やはり、奴らを指名手配したほうが、いいのではないか？」

　しばらく経って、声が静まった様子を見てから、十津川は、言った。

「じつは、この二日間で、総武本線と内房線の沿線を管区とする所轄に、該当しそうな箇所を調べてもらった。その条件は、付近に、自動車だったり船だったりの、逃走に使う手段が準備できる場所だ。さらに、トンネルや橋、踏切は、小さなものではなく、かなり大きなものと見て、いいと思う。もしも、犯人が、走行中に五千万円が入ったボストンバッグを窓から外へ投げろと命じたとしても、列車は深夜に走るので、視界がほとんど利かない。投げたバッグが、予想外のところに行ってしまうこともあるのだ。そんな無茶はしないはずだろう。それに、それらのポイントに無理矢理、停めようとするならば、よほど広い場所でなければ、うまく停められない。急に停めろと言われても、機関士が対応できるかどうかわからないし、機関車には当然、制動距離があるからだ。不確かな要素が大きい方法を、この犯人は選ばないだろう」

　ここまで言ってから、十津川はひと息ついて、続けた。

「もちろん、爆弾を仕掛けて、列車を転覆させてから五千万円を奪う、という可能性も考えてみた。しかし、一連の犯行を見るに、この犯人の最大の狙いはカネだ。カネが手に入らないことに逆上して、凶行に及ぶ恐れはあるが、カネを奪えるかもしれないという現時点では、そこまでのリスクを負う必要がないはずだ。だから、その可能性はいったん排除して、先ほど言った該当箇所をピックアップしてもらうことに集中した。その結果、思いのほか、その数は少なく、絞り込みが十分に可能であると判断するに至った」

捜査員たちのどよめきは、再び大きくなった。

「該当箇所の候補は、これから北条君に配ってもらう資料に挙げている。すでに、千葉県警との協力のもと、諸君がどこを担当するのか、割り振りをしてある。これほどの大規模作戦は、滅多にない。心して準備にあたってほしい。では、作戦の詳細は、亀井から説明する」

十津川は、そう言って、亀井にマイクを交代した——。

君津駅を過ぎた特別追悼列車は、青堀《あおほり》駅、大貫《おおぬき》駅と通過して、佐貫町《さぬきまち》駅に向かっている。

時刻は午前一時十五分である。

杉山らが仕掛けてくる可能性があると想定した箇所は、君津までに十二ヵ所、先ほどの大貫駅までに二ヵ所あったが、いずれも何事もなかった。それらの地点をよく見てみると、線路の陰に捜査員たちが、寒さに耐えながら、じっとうずくまっていた。そのたびに、十津川は心の中で、彼らへの感謝の気持ちを述べた。

佐貫町駅から先は、上総湊《かずさみなと》駅、竹岡《たけおか》駅、浜金谷《はまかなや》駅と続く。十津川はこの、上総湊駅から浜金谷駅の間が危ないと見ていた。この約九キロメートルの区間は、大きな特徴がある。国道一二七号線、通称「内房なぎさライン」と内房線の線路が、東京湾沿いに、接するようにして通っているのだ。東京方面から来ると、列車が海岸に接近する最初のポイントで、格好の美観でもある。先ほど、バー・カウンターの女性スタッフが教えてくれたのも、ここのことだ。

ちなみに、浜金谷駅近くの金谷港からは、神奈川県の久里浜《くりはま》を結ぶ、東京湾フェリーが出ている。

ただひとつ、難題もあった。この区間の内房なぎさラインはずっと二車線が続き、捜査車両を隠せる場所がないことだ。海を眺めるカップルの車が一時停車することがあるにはあるが、いくら覆面とはいえ、捜査車両が点在するのはいかにも不自然であるうえに、第一、季節外れである。

それでも、捜査員は、身を潜めて待機している。もしもここで異変が生じた場合、無線で連絡してから捜査車両が到着するまでの間、タイムラグが生じるが、それはやむをえないと考えていた。

特別追悼列車は佐貫町駅を過ぎ、坂路を進んでいく。カーブもあり、それまでの時速四十キロメートルのままとは行かず、だいぶスピードが落ちている。これならば、飛び降りても、ケガはしないと思えるほどだ。

そして、下り坂に入るとトンネルを抜けて上総湊駅へ。ここも通過して、いよいよ内房なぎさラインと併走する地点へと近づいた。

十津川も、亀井も、「多あちゃん」にあったジオラマが、頭にある。列車は、急な坂道を上がり、山の上に出て、トンネルを二つ、三つ抜けてから、下り坂に入って、海岸線に出る。そして、ハイウェイと併走して、またトンネルを抜けて、一路、街中へと走る——。

〈まるで、この区間にそっくりじゃないか〉

十津川がそう思った時、トークショーの壇上から、こんな会話が聞こえてきた。

「この旧型客車はもともとドア開き客車といって、デッキのところにドアがありませんでした。もちろん、車内に出入りするドアはあるのですが、車両を移動する時は、大いったんドアのないデッキを通るしかないんです。それをそのまま維持しながら、大改装しました。さらに、デッキはすべて展望車仕立てにして、屋根だけで、幌をつけるのをやめたのです。車両と車両の間は、展望車にある開閉式の鉄柵を開き、頑丈な鉄板を渡して、つないでいます」

「どうして、そういう構造にしたのですか？　真冬はいやですね。寒いんでしょう？外に出たくないですよ」

「まあ、それは仕方ないということで。改装するにあたって、デッキを今風にしようという案もあったのですが、それでは旧型客車の風情《ふぜい》がなくなるということで、昔のままドア開きにしたんです。展望車のようにしたのは、暖かい季節の観光シーズンになると、外の空気に触れてみたいというお客さんが、多くいらっしゃるからです。あ、でも、ちゃんと、車内に寒気が入ってこないようにはなっていますよ。そこはご安心ください」

「何でも最新のものにすればいい、というわけでもないですしね。旧型客車を使用する側から見て、今の車両よりも便利なことはあるんですか？」

「どうでしょう。強いてあげれば、シンプルな構造なので、作業員が扱いやすいことでしょうか。連結したり、解放したりといった作業も、やりやすいと聞いたことがありますね」

　それを聞いた十津川は、「あっ」と声を上げ、早歩きで最後尾のほうへと向かった。

「警部、どうされましたか」

亀井が追いかけながらきくと、十津川はそれには答えず、

「まさかとは思うが、その手があったか」

と言い、デッキに飛びだした。

その時、車掌がたまたま四号車から三号車のサロンカーのほうへ来ようとしていたところに、行き会った。十津川は、すぐさま彼をつかまえて、きいた。

「この客車は、走っている間に、切り離しができるのですか？」

冷たい外気にさらされながら、車掌は目を白黒させ、しどろもどろに答えた。

「あ、いや、できるといえば、できます。現代の車両と違って、ブレーキホースで客車間を繋いでいるわけではないので。でも、そんなことを、誰が？」

それを聞くと、十津川は、車掌を押しのけて四号車へ飛び込み、最後尾の八号車へ向けて走り出した。そして、七号車に行き着き、後方のドアを開けると、

「やられた」

と叫んだ。

そこにあるはずの、五千万円の入ったボストンバッグを乗せた八号車が、消えていたのだ。

十津川は、すぐに気を取り直して、

「大丈夫だ、まだ間に合う。亀井、車掌に連絡して、至急、この列車を停めるように伝えてくれ」

と言いながら、無線で、捜査員に急報した。

「こちら、十津川。上総湊と竹岡の間で、犯人が動いた。最後尾の車両だけ、走行中に切り離した。付近にいる捜査員は、二手《ふたて》に分かれて捜索せよ。一組は、奴らが逃走に使うであろう自動車を特定して、行動を阻止せよ。また、自動車に逃げられること も想定して、上総湊駅と浜金谷駅間のなぎさラインを至急封鎖せよ。もう一組は、取り残されている八号車を見つけるとともに、バッグを持って出てくる犯人の身柄を確保せよ。私と亀井も、列車から降りて、そちらに走って向かう」

十津川が話し終えると同時に、列車は急ブレーキをかけて停車した。

「警部。お足元に気をつけて」

亀井に手を取ってもらって、十津川は線路に降り立った。

最後尾が切り離されたことに気づくまで、どのくらいの時間がかかったのだろう。なぎさラインで待機していたはずの捜査員たちから、客車が一両だけ取り残されているという不審な光景は見えなかったのだろうか。

そう胸の内で問いかけながら、五分ほど駆けると、八号車から放たれる車内灯が見えてきた。

〈なるほど。そういうわけか〉

十津川は合点が行くとともに、杉山らの計画に舌を巻いた。

八号車は、小さなトンネルの入り口付近に、ポツンと停まっていた。それも、内房なぎさラインからは見えない絶妙な位置にあったのだ。これでは、なぎさライン側からはわからないはずだ。

十津川と亀井が八号車に駆け寄ると、荷物室に配備していた捜査員たちが三人、目を盛んにこすりながら、車両の外に座り込んでいた。

「警部。すみません、やられました。急に減速したので、何が起きたのだろうと身構えているうちに、停まってしまって。そして、外を確認しようとしたら、催涙弾のようなものを車内に投げ込まれたんです。目をやられているうちに、五千万円が入ったバッグを奪われました」

「ケガはないか？　ないならば、それが一番だ」

十津川がそう言うと、亀井が懐中電灯を片手に、

「警部、これを見てください」

と、手招きした。

進行方向右側のデッキの手すりに懐中電灯をあてると、闇の中で白く発色しているのだ。

「蛍光スプレーだな。そうか」

十津川が呟くと、その時、無線に連絡が入った。

〈内房なぎさライン上で犯人確保。至急、応援頼む〉

犯人たちは、十津川が推理したとおり、八号車からボストンバッグを強奪すると、なぎさラインに出て、自動車で逃走しようとしていたのである。

5

十津川と亀井は、犯人たちも通ったであろう土手を下って、なぎさラインに降り立ち、左右を見渡した。すると、南側に数百メートルほど行った先に、五、六人の捜査員が犯人たちを取り押さえている様子が見えた。そして、近づいていく間に、捜査車両も次々と到着した。

そこには、斎藤加代以外の、男たち全員の姿があった。

杉山以外はすっかり観念した様子で、うつむいている。

〈主犯の杉山を逮捕できたのは、何よりも大きい〉

十津川は胸を撫でおろしながら、杉山に近寄っていった。

杉山と目が合う。杉山はすべてを察したのか、軽く笑みを浮かべて、言った。

「あんたか。俺たちのあとをついて、ずっと離れなかったのは。さすがだ。負けたよ」

「斎藤加代はどうした？」

「俺が捕まったら、このグループはおしまいさ。彼女も逃げ切れないな。いいだろう、教えてやる。ここから車で五分ほど先の、竹岡港にモーターボートを置いてあって、そこで俺たちを待っている」

十津川は亀井に目配せをして、捜査員を斎藤加代の逮捕に向かわせるようにしながら、さらにきいた。

「八号車に飛び乗ったのは、旧型客車の扱いを熟知している者なのではないか？」

「なんだ、そこまでお見通しか。じゃあ、せっかくだから、全部話してやるよ」

そう言って、杉山は犯行グループ全員の名前を挙げた。ランの紋様の指輪を持った〝結社〟のメンバーは、六人であった。山田太洋と出会ったきっかけはこれまでの調べどおりで、林らとは十ヵ月前、彼らが私鉄を解雇されて都内でアルバイトをしていた時に、恐喝犯の同業から紹介されたという。

「列車に飛び乗る役は、林と高橋だよ。林は運動神経がいいし、高橋は列車の連結や切り離しをしていたんだ。とっくに気づいているとは思うが、二人が八号車を切り離した。佐貫町から少し経つと、山間に入り、カーブもあって、あのＳＬならば二十ロくらいまで速度が落ちる。そこでデッキの手すりを摑んで飛び乗るくらい、あの二人なら訳もない。そして、このあたりに来るまでに、二人で協力して連結器を外す準備をして、打ち合わせをした地点で切り離す。計算が合っていれば、惰性で前に進む客車が完全に停まるのは、トンネルの手前というわけだ」

「八号車の手すりに蛍光スプレーを吹きつけたのは、そのためだな」

「そうだ。それは千葉駅で、女装した田辺が、やってくれた。そうすれば、林と高橋がより確実に飛び乗れるからな。予想したとおり、千葉駅は鉄道ファンで大パニックだったから、人混みに紛れて蛍光スプレーを吹きつけるのは、簡単だったそうだ。あの蛍光スプレーは、灯りの下では見えないが、暗闇でライトを当てると光る、便利なものなんだ」

「その後に、田辺はここまで自動車で来たんだな」

「そうだ。山田が運転手役で、田辺を拾って、こちらに向かっていた。俺は、夜を待ってからここに来て、トンネルのそばで待機。八号車が停まったら、高橋が小型の催涙弾を投げ込んで車内の動きを止めて、五千万円をいただく。そして、三人でこの道路に出て、山田が運転する車に乗り込み、竹岡港に行くという段取りさ。山田には、千葉からここまで来る間、どこかで停まって待機していたら怪しまれるから、時間をうまく調整して、ノンストップで午前一時二十五分ぴったりに来いと、言っておいた。そこまでは完璧だった」

杉山は初めて、悔しそうな表情を浮かべた。

「午前一時二十五分ぴったりに、ここへ来るようにと命じたということは、林と高橋が列車に飛び乗ってから、五千万円を盗みだし、車道に降りるまでの時間を、計算していたというわけだな？」

「きっかり、八分さ。俺の計算に、狂いはない。もっといえば、切り離してから車道に降りるまでは、三分と見ていた。七号車がスピーカーのある映像室だから、切り離しの瞬間の音を、気づかれる心配もないはずだった。あんたが気づくのが、もう五、六分だけ遅ければ、今ごろ俺たちはモーターボートで、東京湾に出ていたはずなんだ。しかし、よく気づいたな？」

〈あのジオラマが、海岸沿いで八分間、ＳＬを停車させる設定になっていたのは、そういうわけか。当日のシミュレーションをするとともに、田辺は千葉駅での五分間、林と高橋は現場での八分間の時間感覚を、身体で覚えようとしていたのだな〉

十津川は得心ながら、杉山らの犯行の緻密さにうすら寒い思いがした。

脇から、亀井がきいた。

「この際だから、全部、話せ。なぜ、白石豊さんと宮田典君を殺したんだ？」

杉山は「ああ、それか」と、事も無げな口調で話し始めた。

それによると、宝石店勤務の白石豊は、もともと杉山の仲間だったという。杉山が標的の資産家から脅し取った宝石を、ブラックマーケットに流す役割を果たしていた。しかし、杉山が、ランの紋様の指輪を用いた犯罪グループを結成した直後に、仲違いして決別。それが、宮田典が問題の指輪の複製を、よりによって白石のもとへ依頼したことから、話がおかしくなった。

「あの『５』の数字が入った指輪は、高橋のものさ。俺が１、加代が２、山田が３、林が４で、高橋が５、田辺が６なんだ。両国駅の３番ホームに忍び込めたのは、林のおかげだ。知り合いに両国駅の駅員が二人いて、映画撮影のためだって誤魔化して、カネを摑ませたんだ。駅員からすれば、カネさえもらえれば、何だってよかったはずさ。先月の白煙筒騒動も、その駅員のおかげだ。一度不正に手を染めたら、何でもいうことを聞くからな。両国駅で芝居を打ったのは、加代と高橋。だけど、高橋が指輪を落としちまって、ボロが出た」

杉山によると、白石はランの指輪に見覚えがあり、宮田典が持ち込んだものを見て、瞬時に、杉山がいまだに恐喝を続けていると察した。そして、「5」とナンバリングされた指輪の複製をこれ見よがしに示し、「お前が仲間を増やして、何か狙っていることはわかっている。俺にも分け前を回さないと、洗いざらい警察にタレこんでやる」と、脅してきたという。

「白石は、蛇のようにしつこい男だからな。高橋に、落とし前をつけろと言ったんだ。ただ、あんな派手な殺し方をするとは思わなかった。事故死に見せかければよかったのに。高橋ってのは、地元ではけっこうなワルで、カッとなると見境がつかないところがあるんだ。白石を始末しても、平気そうな顔をしていたよ」

「宮田君のほうは？」

亀井が、杉山の開き直った態度に苛立ちを隠せない様子で、続けてきいた。

「ああ、あの男か。奴も、カネを要求してきたんだ。奴の名前や住所は、白石豊が脅迫してきた時に聞いていた。それで、念のために、田辺に命じて、奴の津田沼の住まいに盗聴器を仕掛けさせた。田辺はパソコンや電子機器のマニアでな。盗聴器を仕掛けたり、パソコンや携帯電話のハッキングをしたりすることが得意なんだよ」

そうして宮田典の行動を見張っていた杉山は、問題の指輪を持った渡辺千里が、相撲のイベント列車で館山に向かうことを知った。そして、宮田の部屋に仕掛けられた盗聴器の情報をもとに、渡辺千里を館山で襲撃した。

「あの女は、山田と田辺がさらったんだ。本当は、殺してしまってもよかったんだが、二人とも荒っぽいことは苦手でね。殺しはいやだ、指輪を取り戻しただけで十分じゃないかというから、イチゴ農家に放置させたんだ。で、やっと片付いたと思ったら、今度はカレシが出てきた」

うんざりした口調で、杉山が言う。

宮田典は、メダカ雑誌の投稿写真から、杉山のことを突き止めたという。すでに辞めてしまったらしいが、雑誌社のアルバイトの学生に「御礼はする」と一万円を出す約束をし、杉山の自宅を聞き出した。そして、直談判に及んだそうだ。

「投稿写真の件は、俺も迂闊だった。宮田が接触してきた時には、てっきり女のことで復讐されるかと思ったんだが、もっと面倒だった。仕返しなど考えていないから、これから毎月百万円をよこせと、言ってきたんだ。恐喝のプロがド素人に恐喝されるなんて、とんだお笑い草だよな」

「それで、どう答えたんだ」

「考えてもいいが、即答はできないと。そうしたら、奴は態度を変えて、『断れば警察に行く。支払っても、それを証拠にする。どちらにしろ、お前は終わりだ』と啖呵《たんか》を切ったんだ。バカだな、あいつは。自分から手持ちのカードをさらすなんてことじゃ、恐喝なんかできないのに」

「両国駅の近くで殺した理由は?」

「最初から殺すつもりはなかった。様子を見ようと思ったんだ。だが、盗聴器で聞いたところでは、奴は両国駅3番ホームの写真をあらゆる角度から撮るために、あちこちのビルや店舗に電話で頼んだり、『鉄道日本』だとかの雑誌に両国駅3番ホームを使ったイベント企画を持ち込んでいた。俺たちを追い込むための準備だったんだろう。それで、なるべく早く、殺さざるをえなくなった。トラックでひいたのは高橋で、現場の指示役は奴の顔を知っている俺だよ」

十津川は、もうたくさんだ、と思った。この卑劣漢は、人の命を奪うことに何の躊《ちゅう》躇《ちょ》もないくせに、殺しはいつも手下にやらせているのだ。話を打ち切る前に、最後にこうきいた。

「部屋に火を放ったのは、なぜだ？」

「壁に書いた紋様と、メモを消すためさ。俺は『エイミー』というランのことを知って以来、いつの日か、俺の旗印に使おうと思っていたんだ。別名が『小さな悪魔』だなんて、洒落ているだろう？　そう思っているうちに、山田から深川Ｒ小学校に関係する秘密を聞いて、そこの学校にはラン組があるっていうから、これはツキが回ってきたと思ったね。さっそく、壁にいくつもデッサンを描いて、そのうちのひとつを指輪のデザインに採用したよ。そして、そこに、桜内明たちの連絡先も全部メモしていたんだ。ところが、あんたたちが俺のことを追っていると気づいて、一刻も早く逃げ出さなきゃならなくなった。壁には証拠が残っている。どうする？　それで火をつけたんだ。しかし、惜しかったのはメダカだ。あれは可愛かったのに――。警部さん、俺はあんたと勝負できて、楽しかったよ。じゃなきゃ、罠が張られると知ってまで、あの列車に勝負をかけようとは思わない。もう少しで勝てたのにな」

乾いた笑い声をあげる杉山には、もう目もくれず、十津川は亀井とともに、林のもとへ歩み寄った。ききたいことは、ひとつだけだった。

「なぜ、多江さんと一緒に、静かに暮らそうと思わなかったんだ？」

林は一瞬、虚をつかれたような表情になってから、すべてを悟ったように、言った。

「だから、見抜かれたんだな。あの女が通報したのか？」

「まさか。彼女は、お前のことを、本気で待ち続けていたんだぞ。それなのに、なぜだ？」

十津川が重ねて問うと、林は見る間に涙を浮かべて、

「多江と一緒になって、人生をやり直したかった。そのために、カネが要ると、思った。だけど、すべて、ダメになってしまった。多江は何も知らないんだ。俺はどうなってもいいが、頼むから、多江には手を出さないでくれ」

と、言った。

〈もちろんだ〉

十津川は胸のうちで答えながら、林に背を向けた。

特別追悼列車は、竹岡駅で臨時停車していて、予定より四十分遅れで発車することになった。八号車に積んでいた荷物は、たまたま上総湊駅に停めてあったＪＲバスに急いで積み替え、列車が館山駅に着く頃には、バスも同着できるようにする、とのことであった。

幸い、乗客のうち、老人たちはクッションの利いた座席で熟睡してしまったし、若い人たちはSLの旅を思いがけず長く楽しめることになったと、喜んでいた。

十津川と亀井は、ここで下車することにした。斎藤加代も逮捕されたとの報せが入り、すべての任務が終わったからだ。

イベントの代表を務めた青田宏、石原勇人、井上優子の三人は、

「こちらのイベントは、大成功です。こんなアクシデントも、人生の思い出に残って、いいものです」

と、笑って握手をしてくれた。

渡辺千里は、涙を浮かべながら、

「これで、典さんも安心すると思います。落ち着いたら、お墓参りに行きます」

と言った。

最後に挨拶をしたのは、桜内明である。五千万円が入ったボストンバッグは、秘書がしっかりと守っている。

十津川が口を開く前に、桜内明は、言った。

「十津川さん、本当にありがとうございます。こんなにも必死にやってくださって、感謝の気持ちでいっぱいです。私は父たちの名誉のことを第一に考えてきましたが、

もう結構です。十津川さんたちの頑張りを見たら、そんなことはどうでもよくなりました。犯人たちが裁判で何を言おうと、私たち家族は、被害者の方々への、できる限りの償いで応えていきます。私は追悼のために、このまま列車に乗っていきますよ」

そう言うと、十津川の手を取って、深々と頭を下げた。

「警部。倉田かずこさんのいうとおりになりましたね」

汽笛とともに、竹岡駅から離れていく特別追悼列車を見送りながら、亀井が言った。

「ああ。誰もが、どんな事情があろうとも、前を向いて、進んでいかなければならないんだ」

十津川は、そう言って、改札口に向かって歩き始めた。

解説

小《お》椰《なぎ》治宣《はるのぶ》（日本大学教授・文芸評論家）

シリーズものは、巻数が多くなってくると、マンネリ化しやすくなるものである。シリーズものの読者の中には、そのマンネリ化を好む面もないとはいえないが、作品そのものが新鮮味を欠くこともまた否めない。テレビ時代劇の『水戸黄門』などが、その典型例であろう。

では、十津川警部シリーズはどうであろうか。十津川省三《しょうぞう》が初登場するのは『赤い帆船《クルーザー》』（一九七三年）でこのときは警部補、長編『消えた乗組員《クルー》』（一九七六年）で警部に昇進する。シリーズものとして定着するのは、鉄道物の第一作『寝台特急《ブルートレイン》殺人事件』（一九七八年）以降と考えてよかろう。それから四十余年にわたって書き継がれた作品数は、あまりにも膨大で、一日一作読んでも一年ではおそらく読み切れまい。

にもかかわらず、新作は常に瑞々《みずみず》しいのである。その証拠となるのが、今年になってから刊行された三つの作品である。まず、『近鉄特急殺人事件』(新潮社)では、伊勢神宮を主題とした歴史ミステリーを思わせる書き出しから、戦争秘話をあばき出し、さらに鎌倉時代の蒙古襲来《もうこしゅうらい》とコロナ禍とを結び合わせていくという時空を超えた世界に十津川が挑むことになる。

次の『石北本線 殺人の記憶』(文藝春秋)は、開巻早々驚かされる展開が待っていた。二十年間の長期睡眠、「コールドスリープ」の実験から一人の男が目覚めるシーンから始まるのだ。果してそれが真実なのか否か……。十津川も空白の二十年間のキャリアを持った容疑者の登場には戸惑わざるを得ないだろうが、読者はこの作者の発想に、想定外の驚きを味わうことになるはずである。

そして、さらに読者の意表をついたと思われるのが、『SL銀河よ飛べ!!』(講談社)だ。ここでは、三人の若者が超常的体験をすることになる。この三人の祖父は太平洋戦争末期、いずれも爆撃機「銀河」に乗り、アメリカ軍に特攻していた。花巻から釜石を走るSL特急「銀河」の車中で、彼ら三人は信じ難いリアルな体験をすることになる。近未来SF的な題材を、戦争秘話と融合させてしまう、その斬新さと大胆さには驚かざるを得ない。シリーズの新機軸ともいえるのではないか、と私は思っている。

という具合に、常に鮮度の高い題材を作品の中に取り入れながらシリーズを続けていく作者の創作姿勢は、他の追随を許さぬものがある。しかも一九三〇年生まれの作者が、今年の九月六日で九十一歳になったことを考えると、これはもう驚嘆するばかりである。

ところで、私は西村京太郎作品の原点を知りたくなり、実質的なデビュー作といえる「歪んだ朝」（一九六三年、第二回オール讀物推理小説新人賞受賞作）を久しぶりに読み返してみた。浅草山谷のドヤ街で起きた少女殺人事件。死体となった少女の顔には、真赤な口紅が塗られていた。少女は口紅を嫌っていた上に、口紅をもってもいなかった。それは、犯人が塗ったものなのか、それとも少女自身だったのか。その口紅の意味するところが判明したとき、得もいわれぬ悲哀に満ちたメロディが全編をおおう。この事件を追う田島刑事は、十津川の原型といえる雰囲気すら漂わせている。

このメロディこそ、現在の作品にまで引き継がれている西村京太郎作品の背骨であり、すべての作品に通底するものなのである。この一貫して揺るぎない姿勢が、多くの読者を長年にわたって離さない原動力ともなっている——西村作品の愛読者の一人でもある私はそう考えているのだ。

時代の流れがどうあろうとも変化しない創作上のスタンスを保ちながら、その一方で、常に新鮮な空気を取り込み、読者の期待に応ずる。これこそが西村京太郎作品が、世代を超えて読み継がれる理由ではなかろうか。

では、本作『十津川警部　両国駅3番ホームの怪談』（初刊二〇一八年）は、どうであろうか。まず目を引くのが、タイトルになっている「両国駅3番ホーム」である。JR両国駅といえば、大相撲東京場所が開催される国技館の最寄り駅である。江戸東京博物館も隣接しており、両国橋からの隅田川の花火見物を思い浮かべる人もいるだろう。その両国駅には、普段使われていない3番ホームがある。かつては使われていた3番ホームが、どのような理由で使われなくなったのかは、本書の説明に譲ることにするが、その3番ホームで二人の不審な人物を電車内から会社員の宮田が目撃してしまうことが、事件の発端となる。スマホで咄嗟《とっさ》に撮った写真を見ると犯罪の臭いがするのだ。

翌日、宮田と恋人の千里は、両国駅の3番ホームに入り込んでみたが、すぐに駅員に連れ戻されてしまう。駅員に写真を見せながら、昨夜のことを話してみたが、まるで相手にされなかった。ところが、千里がホームで男性用の金の指輪を拾っていたのだ。これが昨夜3番ホームに人がいたことの何よりの証拠なのではないのか。

しかも、この指輪には大きな特徴があった。指輪についている黒い石に新種のランの花をデザインしたものと「5」というナンバーが彫り込まれていたのである。ある目的から宮田はこの指輪の複製を銀座の宝石店に依頼した。ところが、複製を請け負った宝石店の店員が殺害されてしまった。さらに、大相撲の優勝力士と両国駅3番ホームから館山に向かう臨時特急列車に乗り込んだ千里が行方不明になってしまう。

両国駅3番ホームでの怪異――特殊な指輪の謎――殺人――誘拐――という不可解な繋がりをみせながら展開していく事件の背後には、ある歴史的な事件が隠されていたことを十津川と亀井は、探り出していった。それは、太平洋戦争末期の昭和二十年三月九日に起こった。その夜、両国駅3番ホームから「伏龍《ふくりゅう》」の特攻隊員を乗せて館山へ向かう特別列車が出発した。その時悲劇が起こる……。

ところで、「伏龍」での特攻とはどんなものなのか。人間魚雷「回天《かいてん》」やモーターボートに爆弾を積んで体当たりする「震洋《しんよう》」と同様に、それは空からではなく海での特攻である。潜水服を着て海の底に潜り、十五キロの機雷を取り付けた竹竿を持って、敵艦が近づくのを待つ。言語に絶する非人道的作戦だが、その訓練が館山湾で行われていたというのだ。

では、当時の事情を知る人が「神話」と呼んでいる三月九日夜、両国駅3番ホームで起こった出来事と今回の一連の事件とはどのように結び付いているのであろうか。例の指輪に彫り込まれたランの図案は、そのヒントとなり得るのか？　戦争がもたらした隠された悲劇を追う作者の姿勢は、一貫して不動だ。西村京太郎の作品でしか味わえないものが、そこには確固として息づいているのである。独特のメロディが最後のページから流れ出しているのを聴いていただきたいものである。

最後に、本書の初刊に寄せた作者のメッセージを引用して本稿を締めくくることにしよう。

〈戦争末期、唯一の国家目的は、本土決戦だった。従って、それを邪魔するものは、全て悪であって、排除されなければならなかった。（中略）当然悲劇が生れる。それを、どう考え、どう納得したらいいのか。唯一、納得できる考え方がある。それは、戦争が生んだ怪談なのだと思うことである。だから怖い。〉

読後、この最後の「だから怖い」という一言が、胸に鋭く突き刺さってくるはずである。

本書は二〇一八年十月、小社よりノベルスとして刊行されました。

本作品はあくまでも小説であり、作品内に描かれていることはすべてフィクションです。

十《と》津《つ》川《がわ》警《けい》部《ぶ》　両国駅《りょうごくえき》３番《ばん》ホームの怪談《かいだん》
西村京《にしむらきょう》太《た》郎《ろう》

2021年10月15日第１刷発行

発行者――鈴木章一
発行所――株式会社　講談社
東京都文京区音羽2-12-21　〒112-8001
電話　出版　(03)　5395-3510
　　　販売　(03)　5395-5817
　　　業務　(03)　5395-3615

Printed in Japan

講談社文庫
定価はカバーに
表示してあります

KODANSHA

デザイン―菊地信義
本文データ制作―講談社デジタル製作
印刷―――株式会社KPSプロダクツ
製本―――株式会社国宝社

ISBN978-4-06-525789-0

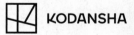

講談社文庫刊行の辞

二十一世紀の到来を目睫に望みながら、われわれはいま、人類史上かつて例を見ない巨大な転換期をむかえようとしている。

世界も、日本も、激動の予兆に対する期待とおののきを内に蔵して、未知の時代に歩み入ろうとしている。このときにあたり、創業の人野間清治の「ナショナル・エデュケイター」への志を現代に甦らせようと意図して、われわれはここに古今の文芸作品はいうまでもなく、ひろく人文・社会・自然の諸科学から東西の名著を網羅する、新しい綜合文庫の発刊を決意した。

激動の転換期はまた断絶の時代である。われわれは戦後二十五年間の出版文化のありかたへの深い反省をこめて、この断絶の時代にあえて人間的な持続を求めようとする。いたずらに浮薄な商業主義のあだ花を追い求めることなく、長期にわたって良書に生命をあたえようとつとめるところにしか、今後の出版文化の真の繁栄はあり得ないと信じるからである。

同時にわれわれはこの綜合文庫の刊行を通じて、人文・社会・自然の諸科学が、結局人間の学にほかならないことを立証しようと願っている。かつて知識とは、「汝自身を知る」ことにつきていた。現代社会の瑣末な情報の氾濫のなかから、力強い知識の源泉を掘り起し、技術文明のただなかに、生きた人間の姿を復活させること。それこそわれわれの切なる希求である。

われわれは権威に盲従せず、俗流に媚びることなく、渾然一体となって日本の「草の根」をかたちづくる若く新しい世代の人々に、心をこめてこの新しい綜合文庫をおくり届けたい。それは知識の泉であるとともに感受性のふるさとであり、もっとも有機的に組織され、社会に開かれた万人のための大学をめざしている。大方の支援と協力を衷心より切望してやまない。

一九七一年七月

野間省一